MS – die wunderbare katastrophe

Barbara Rübesam

MS – die wunderbare katastrophe

keine krankheit – ein weg – mein zeugnis

Bibliografische Information der Deutschen Nationalbibliothek:
Die Deutsche Nationalbibliothek verzeichnet diese Publikation
in der Deutschen Nationalbibliografie; detaillierte bibliografische
Daten sind im Internet über http://dnb.dnb.de abrufbar.

© 2016 Barbara Rübesam
Fotografie: Stefan Lütje
Goldschmiedearbeit: Christina Reiss
Vergolderin: B. Markmann
Satz, Umschlaggestaltung, Herstellung und Verlag:
BoD – Books on Demand GmbH

ISBN: 978-3-7392-8513-9

»der anfang ist die hälfte vom ganzen«

Aristoteles

Inhalt

vita	9
prolog	11
die wunderbare katastrophe	12
ahnung	14
gelbe gummistiefel	15
fragile?	17
steve – akzeptanz	20
berühren	21
contenance oder »sei gut zu dir!«	23
steve	26
in die eigene wahrheit blicken	27
alles hat zwei seiten	29
steve	31
erkennen	33
tragflächen	34
steve	37
einfach	39
ich bin, was ich bin	42
steve	44
einladung	46
unantastbar?	47
steve	49
schonbezüge	51
klein, grün, dreieckig	53
steve	55
ausgebremst	57
besinnliche tage und sehnsucht	60
steve	63
reihenfolge	64
langstreckenläufer	66

steve	69
kann es sein?	70
weil man gefühle nicht mit dem verstand versteht	72
position und freistil – steve	74
missverständnis	77
mit leib und seele zurück zu dir	78
steve	81
anders deuten!?	83
herz-ass	84
steve	86
volkskrankheit irrtum	87
prinzessin oder aschenputtel	89
steve	92
in deiner haut?	93
»mach et jut«	94
steve	97
freude	98
sehet auf!	100
steve	103
frei sein	104
gewahr werden	105
nachspann	108

vita

barbara rosemarie rübesam erhielt 1995 die diagnose MS und war davon überzeugt, dass diese diagnose nichts über ihr SEIN aussagt.

sie bemerkte, wie wenig diagnosen, bewertungen und krankheitsbilder mit ihrem wesen zu tun haben.

so brachten ihr beharrlicher geist und ihre fragen an das leben sie zum schreiben dieses buches.

ende der sechziger jahre auf einer ostfriesischen insel aufgewachsen, lernte sie vom ersten lebensmoment an, dass sie anders war. hochsensiblen personen braucht man nicht in worten mitzuteilen, dass sie »nicht gut« sind, so wie sie sind. sie fühlen, dass sie anders sind.

die folgenden jahre widmete sich barbara rübesam ausschließlich dem erlangen von unerreichbaren zielen. daraufhin entwickelte sie eine autoaggression.

dass diese ziele nicht ihre eigenen waren, wurde ihr erst deutlich, als sie über mehrere monate hinweg im bett lag und ihr körper immer unbeweglicher wurde.

die einschränkungen ihres körpers ließen einen klaren bezug zu den abwertenden gedanken erkennen, die sie hegte. dies festzustellen war für sie die erkenntnis eines neuen phänomens.

mit 46 jahren wurde ihr bewusst, dass ihre einzige chance darin liegt, bekannte wege zu verlassen und konditionierungen zu erkennen.

die tür, die mir durch die ms geöffnet wurde, führte direkt in mein herz. die aufgabe dort lautet liebe dich selbst und entscheide dich jeden augenblick für dich und nimm das tempo aus deinem leben heraus.

prolog

barbara rosemarie rübesam war eine tapfere, beharrliche frau, bis sie entschied, dass tapferkeit keinen sinn für sie macht.
heute fühlt sie sich von ihrer bisher unbekannten und nun »erlaubten« authentizität getragen und hat wieder neuen lebensmut.
dieses buch handelt von den vielen fragen, die barbara rübesam während der zeit ihrer erkrankung keine ruhe ließen und sie beschäftigten.
es erzählt die geschichte von barbara und steve, wobei steve für die menschen steht, die barbara rübesam begleiteten und ihren weg zur authentizität prägten.

die wunderbare katastrophe

das wort »katastrophe« kommt aus dem griechischen und setzt sich aus *kata* (»völlig, ganz«) und *strophe* (»wandel, wendung«) zusammen. wenn man dies bedenkt, kann eine katastrophe zugleich einen wandel einleiten. sie eröffnet die möglichkeit, sich zu entscheiden, ob man trainer bleibt oder sich auf den weg macht, lehrer zu werden.
der begriff »ostat« kommt aus der afghanischen sprache. er definiert den begriff eines trainers, der ausschließlich ein ergebnis im auge hat (so sagt mein afghanischer freund fahim). als lehrer *(maalem)* versteht sich ein mensch, der körper, geist und seele als einheit sehen kann und dabei die bedingungslose »liebe« im fokus behält. weniger das ergebnis der leistung.
mein sohn besaß im grundschulalter eine kartei mit zitaten, volksweisheiten und sprichwörtern. eines davon lautete: »zwischen reden und tun liegt das meer.« schon damals erzeugte dieses zitat eine große resonanz in mir und ich ahnte, dass diese resonanz etwas mit meinem tiefsten inneren zu tun hat.
heute ist mein körper von schmerzen geplagt und unbeweglich; so denke ich häufig, ich könnte sie nicht mehr aushalten. es scheint mir ausschließlich den weg zu geben, zu meinen gefühlen zu stehen und ihnen ausdruck zu verleihen. in unserer westlichen welt ist es üblich, weit ab von jeglichen emotionen fakten auszudrücken. das unterscheidet uns signifikant von allen südöstlichen ländern, wo selbst in der öffentlichkeit die trennung von fakt und emotion unmöglich scheint. hier dagegen kommt es mir

so vor, als wären alle unsere »persönlichen meere« überschwemmt von piranhas (mit »piranhas« meine ich ungeliebte und ungelebte gefühle), und jeder behauptet steif und fest, es wären überhaupt keine piranhas da. stattdessen gibt es viele chronische und autoaggressive diagnosen.

ahnung

im alter von 25 jahren diagnostizierten die mediziner eine für mich unfassbare krankheit, unheilbar, ungreifbar, deren ursache bis heute nicht erforscht ist: multiple sklerose oder die krankheit der tausend gesichter.
schon damals war mir bewusst, eine besondere aufgabe auf den schultern zu tragen, doch ich habe mich lange gewehrt und die aufgabe ignoriert.
als krankenschwester war ich im bilde über verschiedene stadien der erkrankung, so war der schrecken unendlich und groß, als ich die diagnose erhielt.
es war mir nicht möglich, den tieferen sinn sowie die wurzel der erkrankung zu sehen, da ich sie im außen suchte.
heute bin ich davon überzeugt, dass in jedem von uns die kraft steckt, sich selbst zu heilen – nur die wege dorthin sind unterschiedlich!
jeder ist sein eigener meister und weiß alles, was er wissen muss.

gelbe gummistiefel

er trug gelbe gummistiefel, so wie die meisten menschen auf der ostfriesischen insel langeoog, wo sand, wind und sturm zu hause sind. die insel langeoog ist meine heimat, meine eltern hatten dort eine pension. von jeher war protest mir eigen, so trug ich rote gummistiefel, um meiner lebenssituation, die ich nicht ändern konnte, zu trotzen.
im sommer überschwemmten gäste die insel und das leben bestand für mich aus putzen, freundlich sein und gehorsam. so empfand ich mein dasein als überwiegend fremdbestimmt.
wäre es nach meinem gefühl gegangen, wäre mein leben anders verlaufen. ich erkenne erst heute, mit 46 jahren, wie groß die diskrepanz von leben und gelebtwerden ist. seit letztem sommer ist mir überhaupt erst bewusst, dass es hochsensibilität gibt und was das bedeutet.
so lebte ich unbewusst das leben meiner eltern, meines umfeldes, ohne zu wissen, dass es so ist. meine grenzen vermittelte ich anfangs zart, später lautstark, was beides keine lösung war und keine veränderung brachte. ich wurde nicht gehört.
als mit 25 jahren die diagnose ms für meine person gestellt wurde, hatte ich in der darauffolgenden nacht einen traum, in dem mir mitgeteilt wurde, dass die ms »nichts schlimmes« sei, ich lediglich die aufgabe hätte, besonders »gut zu mir zu sein«. dieses mir auferlegte rätsel, was »besonders gut sein« bedeuten könnte, beschäftigte mich in den nächsten 20 jahren. kein versuch meinerseits, eine lösung zu finden, was »besonders gut sein« heißen könnte, blieb

unüberlegt. eine lösung gab es jedoch nicht. inzwischen habe ich beschlossen, anstatt »besonders gut sein« zu enträtseln, authentisch zu sein. so wendete ich meine blickrichtung von außen nach innen.

steve mit den gelben gummistiefeln war in den vergangenen 20 jahren mein treuer begleiter und berater. an steve fiel mir zuerst die treue zu sich selbst auf, was mich vom ersten moment an faszinierte. er liebte die einsamkeit sowie das schweigen und die stille, und wenn er nicht alte schiffe reparierte, sah man ihn oft in einem ruderboot aufs meer hinausfahren.

in letzter zeit konnte ich mein bild sehen, das ich während meines lebens von mir zeichnete. eine frau, stehend neben einem »scherbenhaufen«, die sich bemüht, die »scherben« wegzufegen und diese »scherben«, die durch ihre biographie zustande kamen, für nichtig zu erklären.

nun stehe ich vor dem leben, sehe mich im »beschmutzten« weißen kleid und bin nach wie vor damit beschäftigt, die »flecken« aus dem kleid herauszureiben oder herauszuschneiden, anstatt zu leben. durch all meine fragen, die ich an das leben stellte, entstand dieses buch.

in dem ersten gespräch mit steve ging es um meine überzeugung von heilung, die ihm neu war. er schwieg, stieg in sein boot und ruderte aufs meer.

fragile?

als die diagnose ms gestellt wurde, kam ich mir wie bei der post gestempelt vor. da gibt es frachtgut, sperrgut, pakete, briefe und päckchen wie auch büchersendungen – alles wird gestempelt. meine freundin d. denkt, »sperrgut« würde gut zu mir passen. die ärzte fanden ms passender, und so war alles geklärt. zack, stempel drauf und – ms. »das ist auch nicht weiter schlimm«, eröffnete mir der damalige stationsarzt. »ihr leben geht einfach weiter wie bisher, nur über die heiße wärmflasche im rücken sollten sie nachdenken und diese eventuell weglassen, wärme ist manchmal so lokal am rücken nicht gut.«

zwölf jahre später entließen mich die gleichen menschen mit der berufsbezeichnung »arzt« aus einem mehrmonatigen aufenthalt in der psychiatrie mit den worten: »es wird ihnen nicht gut gehen – die ms und die schweren depressionen ... hier ist jederzeit ein platz für sie, kommen sie gerne wieder.«

ich bin auf der suche nach einem ort, der mich sein lässt, wie ich bin – aber dort will ich nicht wieder hin, denn das ist kein platz, der mut zum leben macht. es reicht meiner meinung nach nicht, den numerus clausus zu erreichen und ein studium in medizin abzuschließen, um ein arzt zu sein, der auch »mensch« ist.

und die menschen brauche ich. ausdrücklich betone ich, dass es mehr menschen als ärzte in meinem bisherigen leben gab. ich kann in meinem körper fühlen, wie sich alle zellen anspannen, wenn mir vermeintliches unrecht geschieht. jeder mensch hat wohl unrecht erlebt in seinem leben. interessant

ist der umgang damit. meine seele ist da wie ein detektor, sie lässt sich nicht beschwichtigen und reagiert sofort auf bekannte schwingungen und töne, bringt meinen körper zum erstarren.
meinen weg säumten immer wieder menschen, die sagten: »du hast keine ms – du hast etwas anderes.«
es gab wunderbare, schöne begegnungen mit meinem sohn david und manche mit davids vater. wir leben getrennt, dennoch sind wir bis heute davids eltern mit haut und haar geblieben. das ist anstrengend, finde ich oft, aber anstrengend ist nicht schlimm, es ist eben anstrengend. ich gehe weiter auf meinem weg, die ms im schlepptau. ich suche einen ort, einen platz, an dem ich sein kann, wie ich bin. ich suche mich – mich selbst, meine berufung. das ist mein weg, und ich schreibe gern mit und von meiner seele. wenn ich schreibe, geht es mir gut!
da bin ich mit mir.
als ich mich damals zum einkaufen verabschiedete, fragte ich meinen zweieinhalbjährigen sohn david stets: »bleibst du bei papa, oder kommst du mit mir?« davids antwort lautete: »mit mir.« was für ein reiner, klarer geist in einer kinderseele, die solche wahrheit spricht.
einen »sicheren ort« gibt es hier auf der erde wohl nicht für mich, dennoch **gibt es eine** Haltung zu dem, **was ist.** wenn die position bezogen ist, erübrigt sich jede entscheidung. zerbrochen ist eben zerbrochen. in asien klebt und verziert man zerbrochene dinge mit gold, um an deren vergänglichkeit zu erinnern.
zerbrechlich ist nicht schlimm – es ist eben zerbrechlich.
bei der post bekäme man dann einen aufkleber: FRA-GILE.

ob es mir geholfen hätte, mir den aufkleber selbst zu erlauben?

»also fragile?«, fragte stefan, mein freund.
ich finde heute nacht keinen schlaf, da dieser satz ständig in meinem kopf kreist.
so soll mich niemand sehen, ich fühle mich ertappt.
stefan soll mich auch so nicht sehen – »pur«.
ich wünsche mir selbst nichts mehr, als loslassen zu können, mich hinzugeben, so zu sein, wie ich bin, weit ab jeder kontrolle und konvention.
mir hat die frage eines schauspielers imponiert, der nach dem sex fragte: »war ich gut?«
zugegeben, eine zwecklose frage, denn wer sollte sie beantworten?
ich kann mich selbst nicht mehr sehen, meinen rollstuhl, meine bewegungen, meine angst, nicht zu gefallen?!!!
was kümmern mich die anderen?
zwecklose frage – ich mag mich selber nicht so! nicht so, wie ich bin. selbstliebe heißt das zauberwort – wie soll das gehen?
wer bin ich denn nur? nehme ich mich zu wichtig? bin ich die, die ihr in mir liebt? oder bin ich die, die ich selber kenne? die zerbrechliche kleine person, schreiend nach zuwendung und liebe?
bin ich beide? und wie trete ich auf? ich kann noch nicht mal weinen. der panzer ist so hart und scheint mir die kehle zuzuschnüren – das hatten wir doch schon, ich bin es leid, die suche nach dem ausweg. ich kann keinen sehen, wird mir bewusst. es gibt nur EIN leben, leben mit sehnsucht, leben mit den vergoldeten scherben, leben mit den zerbrochenen anteilen, die liste ist unendlich weit fortzusetzen.
es hat nie ein ende, außer ich setze eins.

steve – akzeptanz

ich traf steve zunächst am hafen wieder. die stimmung dort war laut und ausgelassen. kinder schaukelten auf dem spielplatz am seglerheim, andere rutschten. steve stand an einen laternenpfahl gelehnt und schaute aufs meer; er sah mich, kam zu mir und gab mir die hand. zu unserem letzten gespräch, dessen ende er durch sein wegfahren aufs meer deutlich gemacht hatte, wollte er noch etwas hinzufügen. ich war damals irritiert durch seine wortkarge haltung mir gegenüber, gewöhnte mich aber im laufe der zeit daran und akzeptierte irgendwann, dass das zu ihm gehörte. zu den wenigen worten, die er sprach, gehörten: »übertreibung macht deutlich.«

zu dem zeitpunkt war ich noch sehr diskutierfreudig, begehrte auf, wenn er etwas sagte, und ließ nur wenige seiner sätze einfach stehen. ich suchte damals vor allen dingen verständnis und mitgefühl für meine situation, nicht ahnend, dass mir das wenig nützen würde. trotzdem stellte sich bei mir immer ein gefühl von erleichterung ein, sobald ich mich verstanden fühlte. dieses gefühl konnte steve mir nicht geben. steve hörte mir zu und ließ die dinge so stehen, wie sie sind. manchmal saßen wir einfach auf einer bank und ich weinte, er hielt meine hand oder mich im arm und das leben blieb, wie es ist. in meinem schmerz fühlte ich mich getröstet.

berühren

das geschieht nicht nur mit den händen.
tiefes berühren ist,
wenn etwas
oder jemand
deine seele streift,
mit einem wort,
einem ton
oder
einem verhalten,
wie mit einer feder,
ganz sacht,
ganz leise.
–
da braucht es keinen paukenschlag.
–
keinen
hagel,
keinen blitz
und kein gewitter.
es reicht,
dass
einer
ganz behutsam
eine saite zupft,
deren melodie du kennst.
–
die saite ist auf deiner seele gespannt.
da spielen zwei instrumente die gleiche melodie

und
du erkennst:
es ist die deine.

contenance oder »sei gut zu dir!«

der begriff *contenance* leitet sich von dem lateinischen wort *continentia* her und wird mit »haltung, fassung, gemütsruhe« übersetzt.
meine blase ist inkontinent – fassungslos? gemütsruhelos? haltlos?
mir fällt ein, ich habe immer die fassung bewahrt, gelächelt, wenn ich weglaufen wollte, und ja gesagt, wenn ich nein meinte, mich aber nicht traute, dies zu tun.
mein gemüt kennt ruhe nur als geschriebenes wort.
ich bin eine tochter aus gutem hause.
ich weiß, was sich gehört.
nicht immer habe ich mich an regeln gehalten – ich war schwanger mit 17, ich wollte von zu hause weg! ungeahnte und unbeachtete konsequenzen trug mein leben mit dieser zornigkeit und beharrlichkeit mit sich!
inzwischen habe ich vorwiegend angst – angst vor dem leben, vor jeder einzelnen minute.
wären meine angst, meine gedanken hörbar, dann wäre ein unendliches getöse um mich herum; kein mensch würde es aushalten, in meiner nähe zu sein.
und ich trage die diagnose ms.
heute maße ich mir an, die diagnose als diagnose stehen zu lassen.
ich weiß bestimmt nicht viel, dennoch weiß ich um meine intuition, die mich selten trügt.
mit eröffnung der diagnose ging eine welt für mich unter.
ein so mächtiges wort wie »ms« wurde gesprochen und ich wurde ohnmächtig.

seit einiger zeit erwache ich aus dieser ohnmacht.
und ich wage heute zu sagen: die seele und das immunsystem sind eine untrennbare gemeinschaft.
trägt die seele zu viel, ist sie nicht mehr fähig zu tragen, dann lädt sie ihre last auf das immunsystem ab, das seinerseits reagiert.
und diagnosen gibt es viele, ms ist nur eine davon.
für mich – ohne reagenzglas und studie – ist das eine logische schlussfolgerung.
die menschen, die die diagnose ms tragen und die ich kennengelernt habe, haben einige gemeinsamkeiten. sie sind:
- nicht überzeugt davon, dass sie gut sind, wie sie sind,
- vom schicksal verfolgt,
- perfektionistisch,
- schuldbewusst,
- ohnmächtig gegenüber einer nicht erbrachten leistung,
- sie lassen sich nur schwer und wenig gerne helfen.

und sicher gibt es noch viele andere charakterisierungen, denn die krankheit trägt tausend gesichter. die variationen sind ungezählt.
das leid, das du tragen musst, ist für dich das schlimmste leid – und ausreichend. nie gilt das argument, dass andere noch mehr tragen müssen. das ist möglich, dennoch irrelevant für deine situation und für dich!
ich selbst war nicht gut zu mir, habe immer noch einen strengen richter in mir wohnen, trotz aller strapazen.
meine überzeugung ist, dass ms der ausdruck einer überlasteten seele ist. ich habe gern unrecht. aber bitte sagt mir doch dann, woher die krankheit kommt, warum sie zunimmt und wozu all das erlitten werden soll.
ich habe meinen mädchennamen wieder angenommen und

mir wird bewusst, wie wichtig das für mich ist, denn niemand kennt barbara rübesam, selbst ich nicht.
ich konnte mich nie freuen an dem, was ich hatte, ich wollte immer etwas anderes …
ich habe all meine energie aufgewendet, um zu haben, was ich nicht habe, und um zu bekommen, was ich selber nicht zu geben bereit war. ich wollte all das in leistung aufwiegen und immer lächeln, obwohl mir das zu viel war. ich konnte und wollte mir nicht eingestehen, dass viele meiner erlebnisse mir schmerzen bereitet haben, und es hat viel energie gekostet, den schmerz weder anzuschauen noch wahrzunehmen. so war es gar nicht möglich, ihn aufzuarbeiten und mir bewusst zu sagen: »das ist vorbei und kommt nie wieder.«

steve

diesmal verging einige zeit, bis ich steve wieder traf. ich war gerade zu besuch bei meinen eltern auf der insel mit meinem achtjährigen sohn david. mein sohn liebte es damals sehr, in den postkarten-wollladen an der ecke zu gehen, ich war mit der inhaberin befreundet. in dem wollstübchen trafen wir steve, er besorgte eine tageszeitung und kreuzte unseren weg. davids liebe zu steve war nicht zu übersehen, wir kamen ins gespräch. es ging sehr schnell darum, dass ich mich auf der insel bei meinen eltern, wie meistens, nicht wohlfühlte. wir drei beschlossen, eine fahrradtour an das ende der insel zu unternehmen, und verabredeten zeitpunkt und ort.
wir fuhren durchs pirolatal, die sonne schien und der wind wehte. es war schön und die schwere meiner beine, die auf der insel zugenommen hatte, schien während der fahrradtour zu verfliegen. wir waren sehr ausgelassener stimmung. wir hielten rast, aßen mitgebrachten proviant und kletterten auf die melkhörndüne. david legte steve dar, warum es sinnvoll war, ausschließlich auf den gepflasterten wegen zu gehen, und es entwickelte sich ein gespräch über sturmflut und den weg des windes, der in den vorhandenden fußstapfen im sand seine dynamik zeigen kann. in dem gespräch der beiden ging es um bedrohung, wahrheit sowie realität. nachdem david vieles von seinem wissen bezüglich insel, sturmflut, wind kundgegeben hatte, schien es ihm wichtiger, seinen drachen steigen zu lassen, wobei er von steve tatkräftig unterstützt wurde. ich schaute den beiden zu, saß auf einer bank und ging meinen gedanken nach, angestoßen durch das gespräch der beiden über wahrheit, realität, bedrohung.

in die eigene wahrheit blicken

den moment wahrnehmen
mit allen facetten,
mit allen farben,
mit allen dingen –
ja vor allem den dingen,
die dieser moment birgt.
nicht nur das helle
und
auch nicht
nur das dunkle wahrnehmen,
es ist ja alles da!
die menschen in dieser kultur
neigen dazu,
die dinge zu werten.
so scheinen sie
gut
oder
schlecht,
hell
oder
dunkel,
einfarbig
oder
bunt.
die dinge sind,
wie sie sind.
den farbton für die dinge wählst du selbst.
ist es möglich?

du folgst einer farbe,
ohne
wahrzunehmen,
dass du einem gefühl folgst?
so rennst du einem gefühl hinterher –
deinem gefühl,
nicht – den dingen, wie sie sind.
–

farbe und gefühl werden aus erfahrung geboren
–

nicht aus dem, was es ist.
unbewusstheit trennt dich von dir selbst, wenn du deinem
gefühl folgst, das dich stärker anzieht als jeder magnet.
erinnere dich!
du bist nicht dein gefühl!
du bist mehr!
du bist du.
jenseits aller gefühle!

alles hat zwei seiten

auch das sehen.
adleraugen sehen auch eine kleine maus in großer entfernung.
sie sehen, entscheiden, stürzen hinab und fressen ihre beute.
dabei scheint mir die **entscheidung** das wichtigste, mehr noch als flug oder schnelligkeit; diese dinge liegen in der natur der adler.
ich kann mich noch gut erinnern, was vor meiner ersten sehnerventzündung stattgefunden hatte.
verliebt und glücklich kam ich damals auf dem flughafen an, wurde abgeholt und in meiner überschwänglichen art – von dieser »liebe fürs leben« zu plaudern – belächelt.
zornig und beharrlich beschloss ich, dass ich **nie wieder will,** dass irgendjemand mich belächelt, wenn ich dinge ausspreche, die für mich zu diesem zeitpunkt sind, wie sie sind, von denen ich überzeugt bin.
heute denke ich, dass ich selbst mich belächelte, mich nicht ernst nahm.
ich war nicht im moment, viel mehr war ich mit der wahrheit meines gegenübers beschäftigt als mit mir – und ich hatte angst.
angst, etwas nicht richtig zu sehen;
angst, etwas falsch gemacht zu haben!
das gleiche gefühl, was mich schon immer – seit ich bewusst denken kann – begleitet und vor dem ich vehement versuchte wegzulaufen.
dass weglaufen vor sich selbst nicht möglich ist, war mir damals genauso wenig bewusst wie die tatsache, dass ich weglief.

ich hasste mich für diese angst, die bis heute in jeder zelle zu wohnen scheint – sie war mir gar nicht bewusst, es war nur dieses gefühl, »es« nicht zu schaffen.
heute ist mir durch meinen weg, den ich ging, bewusst, dass es nichts »zu schaffen« gibt.
deutschland ist schon wiederaufgebaut – woher und wofür dann diese enorme schnelligkeit?
dieser druck, diese geschwindigkeit, in der so vieles erledigt werden »muss«?
all die dinge, die uns zeit ersparen sollten, ziehen ungeahnte zeitmonster hinter sich her.
nie war das erscheinen von psychischen erkrankungen so verbreitet und massiv wie heute. früher war noch »zeit«, nichts zu tun, weil z. b. die dunkelheit einbrach und bis auf das schauen ins abendliche feuer jede beschäftigung fehlte.
es war einfach nichts zu tun –
es war zu SEIN.

steve

dieses mal beschloss ich, es nicht dem zufall zu überlassen, steve zu treffen. ich wollte ihn einfach sehen, hören, seine *resonance* zu dem, was ich sagte, spüren. ich fuhr mit dem fahrrad über die insel und entdeckte ihn nicht. ich fuhr an den hafen und konnte ihn nicht ausfindig machen. ich fuhr noch über den sommerdeich, hier hatte ich ihn häufig getroffen, doch auch hier konnte ich ihn nicht entdecken. er schien wie vom erdboden verschluckt, und das konnte ich nicht akzeptieren. so fuhr ich in den alten bootsschuppen, in dem schiffe standen, die zur reparatur aus dem wasser gezogen worden waren. auch hier war steve nicht zu finden. so fuhr ich an die mole und setzte mich auf die warmen steinplatten in die abendsonne, hing meinen gedanken nach und versöhnte mich mit der tatsache, dass ich steve nicht gefunden hatte.

ganz in mich selbst versunken spürte ich plötzlich eine hand auf meiner schulter. diese hand gehörte steve, und er fragte mich, ob ich fünf minuten zeit hätte. mir war diese redewendung von ihm schon bekannt und er setzte sich zu mir in die abendsonne. wir guckten den möwen zu, den möwen und den wellen, auf denen sich das licht der untergehenden sonne so zauberhaft brach, wie ich es nur von der nordsee kenne. ein tiefer friede zog bei mir ein. ich fragte ihn nach seiner stimmung und ob er bereit wäre, mir zuzuhören; wir sprachen über themen wie entscheidung, schnelligkeit und ausdauer.

steve hörte wie meistens zu, sprach wenig bis gar nicht und ich erzählte von meiner ansicht zu diesen themen. das reden über das, was ich gedacht hatte, erleichterte mich und ich stellte fest, dass das sprechen über die dinge, die ich denke, mir guttat, meine stimmung erleichterte. so änderte sich nichts an den dingen (tatsachen), wie sie waren, nur hatte ich sie ausgesprochen. an diesem abend stellte ich zum wiederholten male fest, wie erleichternd für mich das aussprechen meiner gedanken ist. auch meinungsverschiedenheiten tauschten wir aus, das änderte unser SEIN nicht, es blieb bei den fakten.

erkennen

manchmal bist du ich
–
und ich bin du.
manchmal bin ich ich
–
und du bist du.
–
immer wieder fühlen,
dich,
mich.
–
bleiben,
auch wenn dich schreckt, was du siehst.
–
die welt ist ein spiegel, nichts weiter, ein spiegel, der dir
immer wieder dich selbst zeigt.
erkennen,
sein
–
und bleiben
füllt deine schale von wahrnehmung,
füllt die schale auf dem weg zu dir selbst.
erkennen?
und
bleiben?

tragflächen

wie der name schon sagt, sind das flächen, die tragen.
die augenblickliche tragfläche für meinen körper befindet sich an meinem rollator, den ich mir schweren herzens zulegte.
ich sitze auf seiner tragfläche, immer wenn meine beine mich nicht mehr tragen können; er ist mein immer greifbarer stuhl, den ich vor mir »herschiebe«. da ich keinen stuhl tragen kann, fahre ich ihn vor mir her.
das modell läuft unter leichtgewichtrollator und kostet 359 euro. meine kasse sagt, dieses modell geht über das notwendige hinaus, und bis auf 90 euro zuschuss zahle ich selbst.
jeder weiß, wie gering die kraft ist, befindet man sich erst mal im »rollatorstadium«. ja, da gibt man der krankenkasse sicherlich recht, wenn sie begründet, der wunsch für einen leichtgewichtrollator gehe über das notwendige maß hinaus.
aber wer bestimmt denn »das notwendige maß« und was überhaupt ist notwendig?
müsste das nicht jeder selbst entscheiden?
ist es nicht schon genug aufgegebene selbstständigkeit?
ist es nicht genug erneutes kämpfen um die eigene würde?
muss da noch jemand mitreden, was notwendig ist und was nicht?
und wunderbarerweise gibt es krankenkassen, ämter und behörden, die uns menschen, in meinem fall behinderten, diese last zu entscheiden abnehmen (wollen).
in meinem text »unantastbar?« ist meine meinung dazu ausreichend beschrieben.
nicht zu verschweigen, dass eben genau dies annehmen

und entscheiden der dinge und situationen schwerfällt, mir jedenfalls.
das allein ist für mich tägliche herausforderung.
schmunzelnd musste ich an eine kürzlich ausgestrahlte sendung von günther jauch denken, der seinen kandidaten fragte, welche automarke er für seine neunköpfige familie fährt … »wir fahren mercedes, alles andere ist behelf«, lautete die kurze antwort.
diese aussage spukte durch meinen kopf, als es um die wahl des rollators ging, und ich entschied für mich: leichtgewicht, zusammenfaltbar – wohl dem mercedes gleich.
hierbei will ich meine eltern erwähnen, die mir den rollator bezahlten, mir somit eine anspruchsvolle hilfelösung ermöglichten.
beim ein- und aussteigen in den bus erlebe ich das leichtgewicht als unbezahlbar und schwer genug, da fehlt mir noch übung.
es bleibt also alles beim alten, ich selbst muss mich und meine einstellung verändern – ich kann kratzen, beißen, toben … an der situation ändert sich nichts.
wunderbar und katastrophal zugleich, finde ich.
jetzt will mein körper also sitzen. und hätte man ein kind vor sich, das erschöpft am wegesrand sitzt und nicht mehr kann, würde man dieses kind aufscheuchen und zwingen zu gehen?
ich kann nicht mehr, habe meine last schon so lange getragen – jetzt ruh ich mich aus!
meine hoffnung ist natürlich, mein körper dankt mir diese pause – sie ist unbegrenzt von meiner seite aus.
peinlich ist der rollator lediglich mir selbst, stelle ich fest, und da geht es wieder um das fassen an meine eigene nase, um das bekennen und fragen: was eigentlich mute ich mir

mein leben lang zu? wie hart will ich gegen mich kämpfen und wie lange noch? warum ist ein rollator peinlich?
ist er nicht vielmehr ein zugeständnis?
es fällt mir mit dem verstand leicht, das zu formulieren, einem teil in mir fällt das schwer, und dieser teil stellt fest: »das bist du doch nicht!«
bin ich es nicht doch selbst, die ihrem körper und ihrer seele unendliches abverlangt?
was ist da mit meinem körper los, der getragen, gehalten, von allen seiten geschützt sein will?
diese gedanken lassen mich nicht los, und ich erwähne wiederum, dass ich das nicht glauben kann mit dieser diagnose. mit dieser unheilbaren krankheit, ihrem uneinschätzbaren verlauf – und keiner weiß, woher das kommt, und keiner weiß, wohin das geht.
ich weiß nichts außer dem, was mein körper und meine seele mir sagen. wenn ich gut zu mir hätte sein können, wäre ich es gewesen – dieser satz allein tröstet mich.
ganz neu ist mir der gedanke, dass tragflächen nicht nur an rollatoren oder flugzeugen installiert sind. sind sie nicht ebenso im leben zu finden, wenn du und ich unsicher sind, ob der boden unter unseren füßen trägt? oder wenn sich in einer begegnung, einer meditation herausstellt, dass die fläche, auf der wir uns befinden, stabil ist? das ist ein geschenk, das das leben macht. ungefragt und unverhofft.
es ist einfach so. wenn du das annehmen kannst und wahrnimmst, dass es ein geschenk und glück ist, bist du eine stufe auf deiner lebensleiter emporgestiegen, zu dem, was du selbst bist, oder auch nicht. es ist einfach so, weil du du bist. du hast nichts dafür getan, es ist geschenkt – für dich!
mut hast du bewiesen, unglaubliche stärke und beharrlichkeit, sonst wärst du nicht da, wo du bist.

steve

ich stelle fest, dass ich steve zurzeit gar nicht suchen will. also werde ich ihn bei aller suche auch nicht finden. es geht um das finden von mir selbst. ich erlebe mich als unleidig und wütend und weiß inzwischen, dass es müßig ist, »schuldige« (ursachen) für meine befindlichkeit auszumachen. so entscheide ich mich für einen strandspaziergang von flinthörn zum ostende. die sonne brennt heiß auf meine schultern und ich tausche mein fluchen über das nicht vorhandene sonnenöl in meinem rucksack gegen ein langärmliges t-shirt, das ich recht widerwillig anziehe. ich gestehe mir ein, dass mir sonnenbrand noch weniger gefällt als bleiche haut.

es dauert einige kilometer, bis wut und starrsinn der behaglichkeit des t-shirts und dem warmen wind, der inzwischen um meine schultern weht, den platz geräumt haben. erneut kämpft mein gefühl gegen die fakten. ich bin es leid, diesen kampf, und wieder einmal ist mir klar, dass dieser kampf nie von mir gewonnen werden kann und er mich jedes mal ohnmächtig sein lässt, so oft ich ihn führe. also beschließe ich, dies schwert nicht mehr in die hand zu nehmen, sondern die dinge zu lassen, wie sie sind. meine entscheidung, das tau beim tauziehen loszulassen, bewirkt ungeahnte freiheiten meinerseits sowie leichtigkeit tief in mir.

es fällt mir schwer, die fakten so anzunehmen, wie sie sind. mir werden meine gedanken bewusst, die in meine kindheit zurückführen und in die zeit, in der ich nie so sein durfte, wie ich war. voll von gefühlen wie wut, trauer, von wille und sehnsucht, die gezähmt wurden durch den wunsch und den anspruch meines umfeldes, haltung zu bewahren sowie »lieb« zu sein. da ich natürlich »lieb« sein wollte und die diskrepanz zwischen MIR und den ANDEREN fühlen konnte, die ich nicht ertrug, war es mir nicht möglich, so zu sein, wie ich bin. heute weiß ich um den unterschied von »dir« und »mir« und habe gelernt, wie wichtig es ist, bei mir zu bleiben. das konnte ich früher nicht, weil mir gar nicht bewusst war, dass DU und ICH zwei sind. diese erkenntnis macht mich weinend und lachend zugleich, und da ich nicht damit umzugehen weiß, lasse ich es, wie es ist, und laufe einfach.

einfach

ein fach,
eine schublade;
eine schublade,
die aufgeht, wie von selbst,
wie von allein.
reingucken,
reinfühlen.
du bist dem inhalt schon voraus,
wenn du ihn nur erahnst.
deine gefühle überschlagen sich –
voraus dem inhalt
mit deinem gefühl,
deiner emotion –
das geht ganz schnell,
ganz schnell,
ganz schnell.
achtsam den inhalt wahrnehmen,
ist eine neu gelernte möglichkeit –
die emotion,
das gefühl
ist oft schneller.
–
es ist der inhalt der schublade,
du kennst ihn
und
du kennst deine emotion dazu,
und du fühlst
wut

oder scham;
oder schmerz;
oder sehnsucht;
oder sonst etwas.
das bist nicht du – nicht du – nicht du;
das ist dein gefühl.
lange bist du beschäftigt,
die schublade umzuräumen,
den inhalt neu anzuordnen,
den inhalt –
oder gleich die ganze schublade
wegzuschmeißen
oder gar dein leben.
so sehr du dich anstrengst –
es gelingt dir nicht,
erkenne:
es ist der inhalt der schublade –
das bist nicht du,
nicht du – nicht du.
es gibt viele schubladen,
deren inhalt ähnlich scheint,
und du reagierst mit denselben emotionen,
wahrnehmen und schließen –
die asche vom weißen tischtuch blasen –
und wissen,
dein leben besteht aus vielen fächern,
aus vielen schubladen.
diese schublade ist nicht die einzige –
und
entscheidest du,
dass der inhalt der schublade
über dein leben entscheidet?

jede wut hat auch
platz für sehnsucht und zärtlichkeit;
sehnsucht und zärtlichkeit sind oft leise;
du bist nicht dein gefühl,
ganz leise bist du DU,
leise bist du du,
bist du du,
einfach du.

ich bin, was ich bin

zu meinem 40. geburtstag mietete ich eine alte villa, die eine hamburger zirkusschule beheimatet, und das zelt und die artisten gleich mit dazu.
zu der zeit hatte ich unterricht bei einer logopädin. ich stellte unter ihrer anleitung schnell fest, dass beim gesang kaum bis gar keine sprech- und sprachschwierigkeiten auftraten, und in anbetracht meines anstehenden 40. geburtstages bat ich sie, mit mir das lied »i am what i am« in deutscher fassung einzustudieren.
wieder traf ich auf eine wunderbare fügung des schicksals, wieder auf einen wunderbaren menschen – meine logopädin.
wir übten – ich übte!
ich bin, was ich bin.
ich bekam wirklich alles von den menschen, denen der zirkus gehörte. die karaoke-cd, einen personal-artisten, der mit mir pantomime zu Hause vor dem spiegel übte, ein gutes catering und die villa für diesen tag nebst dem zirkuszelt und profis an meiner seite.
meine angst, aufgrund meiner sehstörung nicht zu erkennen, wer von meinen gästen vor mir steht, überlistete ich mit der erfüllung meines traums, eine pantomime darzustellen, um so in ruhe und mit viel zeit stumm meine gäste begrüßen zu können – nicht mit zitternden knien, sondern sitzend, auf einem mit rotem samt bezogenen stuhl, mit gesten und mimik.
die betreiber des zirkus erklärten mir ihr projekt; bei gesellschaften oder kongressen beschäftigen sie die kinder

der geladenen gäste als artisten und geben im anschluss eine aufführung des einstudierten. das gibt den erwachsenen die möglichkeit, in ruhe gespräche zu führen, und die kinder erleben freude und spannung bei der vorbereitung der zirkusaufführung.
das war ganz nach meiner vorstellung und noch darüber hinaus.
das überstieg fast meine kühnsten träume.
einen wunderbaren tag galt es für mich zu erleben.
erst monate später kam mir der gedanke, dass ich das lied an meinem geburtstag eher für mich als für die gäste sang.
allerdings war ich damals davon überzeugt, ich täte es für sie.
ich bat in dem lied, mich so zu nehmen, wie ich bin.
heute bin ich überzeugt davon, dass es darum geht, wie wir uns selbst gegenüberstehen, ob wir selbst mit uns einverstanden sind.
warum ich ein solch schlechtes bild von mir selbst habe, ahne ich nur.
warum entwickelt ein mensch eine autoaggression?
horche in dich hinein und du erhältst antwort.
frage deine seele, bitte sie, zu dir zu sprechen, du kannst es!
vom jetzt ab gesehen meiner seele bin ich in den vergangenen 40 lebensjahren immer näher gerückt. und es ist ein phänomen.
»wenn du einmal die herrlichkeit geschaut hast, deiner seele zuzuhören, kannst du das nicht mehr leugnen.«
ich möchte an dieser stelle zu allen lesern sprechen und sagen:
»seid gut zu euch!
so wie ihr seid, seid ihr gut!«

steve

der letzte strandspaziergang – es war eher eine strandwanderung – gefiel mir so sehr, dass ich beschloss, steve weder bewusst zu treffen noch auf eine begegnung zu hoffen. ich entschied mich bewusst für eine zeit mit mir allein.
gestern habe ich im haus der insel die inselbühne besucht und bei dem plattdeutschen stück »dat hörrohr« unendlich viel gelacht. dort konnte ich auch bekannte insulaner, die ich seit meiner kindheit kenne, erleben und bewundern.
gedanken über das theaterstück gehen mir heute durch den kopf. mir stellt sich die frage, warum es gestern im theater so lustig gewesen ist und was das mit mir und meiner art zu leben zu tun hat. ich erinnere mich an ein seminar einer kirchengemeinde in hamburg, das ich besucht hatte und das den titel trug: »hilfreich miteinander reden«. es ging natürlich nicht ums reden, es ging ums zuhören.
ich halte es für möglich, dass das klagen über erlebte situationen für mich wenig sinn hat und mein leben beschwert. vielleicht kommt die schwere meiner beine, das gefühl, in einer schüssel mit schwerem teig zu waten, von meinen gedanken und ich kreiere mir mein erlebtes leid ständig neu?
das theatersück »dat hörrohr« drehte sich um ein hörgerät und ich frage mich, ob es nicht viel mehr um das hören geht, wenn ich meinem leben einen sinn geben will, als um das klagen. dafür müsste ich mich allerdings dafür entscheiden, ohne den vermeintlichen nutzen des mitgefühls meines gegenübers zu leben – und aufhören zu klagen. wieder einmal geht es um die kehrseite von liebe und verstand. auf meinem langen weg mit meiner ms habe ich schon so

viele menschen aufgesucht und um hilfe gebeten – freunde, partner, heiler, schamanen, medien. die meisten sprechen von der liebe als einzigem heilmittel. allein bei dem wort »liebe« sträuben sich mir die nackenhaare. ich weiß weder, was liebe ist, noch, wie liebe sich anfühlt. mir läuft eine gänsehaut über den rücken und ich wünsche nichts sehnlicher, als gesund zu sein. ein gefühl von ohnmacht macht sich breit.

mir reicht das erkennen für heute und ich bin nicht bereit, weiter den tatsachen »hören«, »liebe« und »mitgefühl« raum zu geben. ich bin froh über den aufkommenden wind von der see und gehe, um eine tasse tee zu trinken und zu schweigen, in die teestube. auf dem weg dorthin treffe ich steve, dem kalt ist und der das gleiche ziel hat wie ich. wir bestellen tee, was in ostfriesland bedeutet: tee, kluntje und sahne, die sich mit einer kleinen silbernen kelle in einem sahnekännchen befindet. wir betreten den warmen, traditionell eingerichteten raum und freuen uns unseres gemeinsamen daseins dort. sofort kann ich wahrnehmen, wenn steve in meiner nähe ist, dass wir über das erlebte keine worte zu verlieren brauchen. ich weiß, wir sind d'accord.

einladung

liebe dich und dein sein so sehr, dass du bereit bist,
von allem **WEGZUGEHEN,**
was dich nicht länger beschützt,
dir nicht guttut, dich nicht wachsen lässt
und dich nicht länger froh macht.
liebe dich und dein sein so sehr, dass du bereit bist,
überall da **HINZUGEHEN,** wo du dich geborgen
und sicher fühlst.
liebe dich und dein sein so sehr, dass du bereit bist,
immer und überall an deiner seite zu **SEIN,**
unerschütterlich, wie ein stern am firmament.
»hätten wir es besser gekonnt,
hätten wir es besser gemacht.
----
wir waren gut, so wie wir waren.«
herzlich barbara

unantastbar?

so steht es zumindest im grundgesetz: *die würde des menschen ist unantastbar.*
wow, tolle aussage, toller spruch, gewaltig und machtvoll. steht im gesetz und ist zu befolgen!
wer befolgt das? wer befolgt das nicht? wer ist befugt, das nicht zu befolgen? und wer hat damit zu tun? mit meiner, mit deiner würde?
bernhard war vor weihnachten 2009 wieder hier – wir kennen uns mehr als 30 jahre. früher war er vikar bei uns auf der insel und ich habe ihn angehimmelt, diesen schönen jungen mann, der alles konnte und wusste in meinen augen, besonders diese schwierige sache mit gott, der ich schon immer eher skeptisch und erzürnt gegenüberstand.
unsere beziehung hat ihre eigenen gesetze, unsere eigenen, unabgesprochenen. wir trinken meist tee bei mir, sprechen über dies und das, über alles eigentlich, besonders über die unannehmlichkeiten des lebens, die eigentlich lieber »unter den tisch« fallen. bernhard ist da anders, er spricht die dinge »unterm tisch« an. ich höre eigentlich nur zu, nachdem ich ihm mein leid geklagt habe.
also – ich hörte zu – ich fragte nach, ich erzählte von meinem standpunkt, von meinem ureigensten gefühl zu den dingen, die bernhard ansprach, und die »sache« begann sich aufzulösen – kam wie unter dem tisch hervor, saß bei uns, war teil von uns. ganz normal, wie er und du und ich. seitdem blubbern die gesprochenen und erfahrenen worte in meinem kopf.
bernhard fragte mich wegen der gestaltung eines gottes-

dienstes in 2010. das thema sollte »würde« sein. ich freute mich, diese frage von ihm bei mir zu wissen.
die lösung schien mir fast banal, das geheimnis der würde für mich gelüftet. als bernhard ging, habe ich geweint – mir wurde wie so oft in letzter zeit klar:
ICH BIN SELBER VERANTWORTLICH FÜR MEINE WÜRDE; so wie für meine angst, die verwirklichung meiner träume, meine kinder, mein leben. so ist das. bernhard hatte mir »ganz nebenbei«, vielleicht ohne es zu wissen, meine würde (zumindest ein stück davon und für diesen tag, für diesen augenblick) wiedergegeben.
vielleicht heißt »würde« auch, von einem anderen zu hören: »ich sehe, was du gut kannst, ich zeige es dir und beschenke dich dafür mit meiner achtung!«
würde schenken wir uns also gegenseitig.
ein geschenk, im grundgesetz verankert?
warum wird sie unantastbar, die würde – meine und deine?
nicht weil es im grundgesetz steht, sondern weil ich es für mich und mein leben so will, mit all meinen fasern, den bewussten und unbewussten, und vor allem mit meiner seele.
paulo coelho sagt: *wenn du etwas von ganzem herzen wünschst und willst, dann setzt sich das ganze universum dafür ein, dass du es erreichst.*
mögen viele unserer wünsche von ganzem herzen sein und wir selbst stille darüber werden.

steve

steve verabschiedete sich von mir mit den worten: »ich fahr mal ans festland.« wegen der augenblicklichen lage der gezeiten nahm er das fahrgastschiff und nicht das ruderboot. die anfängliche leere, die seine worte »ich fahr mal ans festland« bei mir auslösten, galt es zu spüren und da sein zu lassen. dies gelang mir mit gehäuftem strandwandern, steifem wind auf meinem gesicht und dem formulieren meiner gedanken. ich sprach einfach vor mich hin und ich »ging« vor mich hin, beschützt durch den willen, mein »bekanntes land« zu verlassen und meine haltung zu verändern. ich begann, freude an diesem neuen denken zu finden. schon oft hatte ich in letzter zeit bemerkt, dass sich intentionen bei mir einstellten, wenn ich mir die »zeit« ließ, leer zu sein. »leer sein« bedeutet für mich: nichts müssen, nichts wollen und nichts fordern, einfach nur SEIN. ich sang ein lied vor mich hin: »spirit of the wind, carry me home to myself …« ich sang es laut in den wind und es tat mir gut. ich sang und lief, wie lange, weiß ich nicht. die leere in mir, die steve mit seinen worten bewirkt hatte, war verschwunden. es gab nur mich, den strand und das lied. in diesem moment vermisste ich nichts. ein anderes lied fiel mir zu diesem zeitpunkt ein, mit den worten »here right now«, und ich fand mich singend am strand wieder. dass es regnete, nahm ich erst wahr, als meine haut trotz kopftuch, jacke und gummistiefel (meine häufig getragene kleidung auf der insel) ganz nass war. ich benutzte ein taschentuch und bemerkte erst dadurch, dass ich weinte. wie schon oft wünschte ich mir, dieser wohlige zustand würde nie enden. begleitet wurden diese gedanken von der erkenntnis, dass ich einen solchen zustand in mir schon kannte und inzwischen wusste, der zustand würde sich verändern, und zwar genauso sicher, wie sich das wetter verändert, und dass es nur darum geht, die veränderung mit einem »aha« zur kenntnis zu nehmen und in keiner form zu bewerten. es regnete weniger und mein gesicht war immer noch trotz gehäuftem trockenwischen nass, ich weinte hemmungslos.

schonbezüge

und
überdecken
wo gehobelt wird, fallen späne
wo verletzung ist,
entsteht schramme, schürf, oder wunde
es entsteht, was entsteht
ist es möglich, dass wir menschen glauben und hoffen
pflaster überwurf und überdecke heilen den schmerz, heilen was entstand
-und
ist es nicht viel eher so,
dass wunden und schmerz gelindert werden
dennoch immer wunden bleiben,
alle trauer, alle wut, aller haß,
die wunde aufrecht erhalten, anstatt ihr zum heilen zu verhelfen?
ist es nicht so, dass erkennen, heilung bringt
und
so viel näher zum kern voranschreiten
-
erkennen und wahrnehmen was ist.
ausweichen ist eine möglichkeit
eine andere sind pflaster, überwurf, medikamente oder überdecke.
an die wurzel reichen all diese möglichkeiten nicht.
nur
die wurzel bedarf der heilung,
der beachtung

des mitgefühls , der anerkennung, und der liebe…
den einzigen arzneien die heilung in aussicht stellen…

klein, grün, dreieckig

oder rund, gelb, mit drei schwarzen punkten.
was ist klein, grün und dreieckig? ein kleines, grünes dreieck. was ist rund, gelb und hat drei schwarze punkte? eine blinden- bzw. sehbehindertenplakette. die erste frage nebst antwort löst schmunzeln aus, die zweite eher betroffenheit. warum? das hängt vom auge des betrachters ab, von normen und bewertungen.
ich habe mich entschlossen – ich trage rund, gelb und mit drei schwarzen punkten. schlimm? heute ist jeder schnell, schlank und tatkräftig – ich nicht! ich bin langsam, habe einen bauch, dem man ansieht, dass ich zwei kinder geboren habe, und kann mit den augen wenig sehen, dafür immer mehr mit dem herzen. in einer partnerschaftsanzeige hätte ich damit sicher keine chancen. aber darum geht es mir nicht – es geht mir um klarheit!
dieses ganze gerede: »das kann er/sie doch nicht tun!«, oder: »das macht man doch nicht!«, oder: »das ist typisch frau!«, »typisch mann!« … jeder kann alles tun – die frage bleibt doch immer: mache ich das mit? will ich meine kraft, meine liebe, meine zeit, meine energie dafür verwenden? die situation kann ich nicht verändern, aber meine haltung dazu. ich drehe mich und halte mich dort auf, wo menschen sind, denen es nicht darauf ankommt, wie schnell, hoch oder weit ich kann. ich beziehe stellung zu mir selbst und wähle, womit ich mich »abgebe«. meine umwelt tut das auch, jeder darf das. und wenn andere behaupten, ich sei zu langsam, dann kann ich mit gleicher intensität behaupten: du bist zu schnell! wer hat die messlatte erstellt, und für

wen? es lohnt sich für jeden, nicht müde zu werden mit der arbeit an der klarheit für sich selbst!
ich wünsche mir, in meiner wahrheit leben zu können, das bedeutet, ich übe noch.

steve

inzwischen liege ich seit neun monaten im bett und habe endlich (nach wiederholtem wechsel) das pflegepersonal, das ich brauche. das hätte ich mir nie vorgestellt, dass das so lange dauert, bis sich entscheidet, was brauchbar ist für mich. freundlich waren alle, die mich betreuten, wichtiger waren mir dabei die authentizität mit mir und mein sein mit den betreuern. wenn man so »verbogen« ist wie ich und sich um den preis der anerkennung derart verbogen hat, dauert es seine zeit, bis man erkennt, was man braucht, um zu SEIN. um zu mir zu kommen, brauchte ich verschiedene therapeuten, denen es gelang, abstand zu halten, und die mir so den raum ließen zu erkennen, was für mich passt. so konnte ich erkennen, dass die krankheit mir etwas »schenkt«, was ich nie haben wollte, nämlich zeit für mich selbst. was ich damit meine, ist leere. seitdem es mir gelingt, diese leere da sein zu lassen, ist mein ego immer weniger präsent. bewusstsein macht sich breit in mir und es wird möglich, dass ich mich wohlfühle.

steve wohnt ein paar straßen entfernt und repariert inzwischen oldtimer statt boote. ich stelle fest, er braucht SEINE art der beschäftigung, und das ist hier in meinem buch nicht wichtig, es geht um mich und mein verstehen dieser erkrankung. was will meine seele mir sagen? ich dachte schon so oft, ich hätte den grund dieser erkrankung verstanden. die neun monate der bettlägerigkeit, die zurückliegen, belehren mich eines besseren. ich bin also wieder in ein muster gelatscht und denke zurzeit, dass alle »schübe« jeweils das »fallen« in ein bekanntes muster sind. wichtig scheint mir inzwischen, dieses »fallen« nicht zu werten, sondern wahrzunehmen. wenig scheint mir nützlich, mich darüber aufzuregen, wieder in ein muster gefallen zu sein. auch hier geht es darum, das einfach wahrzunehmen, aus dem muster auszusteigen und meine authentizität zu stärken. zu erkennen ist diese art von SEIN daran, dass die dinge leicht gehen, dass du keinen widerstand spürst und einig mit dir selbst bist. dafür braucht es eine mehr oder weniger ausgeprägte wandlung deiner selbst. zum beispiel kocht steve regelmäßig für mich und meinen sohn, und ich genieße das, fühle mich dadurch nicht schwach, sondern geliebt. ich konnte immer alles allein, brauchte keine hilfe und konnte mich stets um andere kümmern, um mich selbst nicht. pausen gestand ich mir nur dann zu, wenn ich »genug« geleistet hatte. heute kann ich keine körperliche arbeit mehr leisten, arbeit im geist fällt mir leicht, das ist mein wesen.

ausgebremst

oder
was zu lernen wär!
engel im weg –
hören wir doch dem leben zu.
möglich ist,
dass krankheit ein zeichen,
eine warntafel ist,
eine ampel
auf rot
oder gelb.
sie soll dich nicht in die richtung drängen,
das rad,
dein rad,
schneller zu drehen.
vielmehr
erinnert sie dich
an die möglichkeit
zu bremsen,
vom rennen abzusehen,
dich zu besinnen
auf deine sinne.
die krankheit ist dein freund,
nicht dein feind.
warum nur?
woher kommt diese überzeugung,
wir müssten kämpfen,
uns schützen,
eine waffe erfinden

gegen alles,
was uns bedroht?
was
bedroht uns?
was?
—

sind es nicht wir selbst?
—

in unserem über jahrtausende angelernten verhalten,
uns schützen zu müssen?
uns anstrengen zu müssen?
etwas leisten
oder tun zu müssen.
besser zu sein als andere?
vor was müssen wir uns schützen?
vor wem sollen wir besser sein?
wofür sollen wir rennen?
lieben wir uns.
dafür sind wir doch gemacht
und
starb nicht *einer* für unsere sünden?
was
sollen wir lernen?
—

die aufgabe heißt, anzunehmen, was ist –
die aufgabe heißt nicht,
die dinge oder die personen zu ändern, die um dich sind.
die aufgabe heißt:
ändere dich selbst,
dich und dein verhalten.
nur das ist möglich.
was wollen wir denn noch erreichen?

ist nicht am tag der schöpfung alles erreicht?
was bleibt,
ist zu *lernen* –
ja!
und
nein!
zu sagen;
geduld, demut und dankbarkeit
ist zu üben!
was ist es doch, was bleibt,
neben dem sein!
ms gibt dir die möglichkeit, einen neuen weg einzuschlagen.
dieser weg gibt dir die möglichkeit, dein blatt neu zu mischen
– es ist ein weg
– keine sackgasse.

besinnliche tage und sehnsucht

manchmal kommen wir an besinnlichen tagen zur besinnung.
sicher war das so nicht gemeint, als ich an weihnachten mit virusgrippe krank zu hause blieb und alle verabredungen absagte – und mir wurde ebendieses gewünscht: »besinnliche tage!«.
mein »zur-besinnung-kommen« war nicht sanft, nicht behutsam, sondern gleißend hell, deutlich und eher unsanft, dafür echt, wie ich selbst empfinde.
verstanden hatte ich vom leben bisher, dass es sich um leistung dreht, um das erreichen gewisser ziele, dass es um das überwinden von hürden geht und die messlatten allgemein hoch hängen. wie schwer ist es doch, gewohnte verhaltensmuster zu verlassen, wie groß ist die kluft zwischen reden und tun.
in einem weihnachtsbrief las ich zeilen von der sehnsucht nach göttlicher, unabdingbarer und verlässlicher liebe, die sehnsucht vieler menschen; das gilt für mich auch!
für mich geht es zurzeit um das annehmen von hilfe, was mir unmöglich erscheint und mir doch gerade der einzige weg.
ich habe eine pflegestufe und erhalte für drei stunden pro woche verlässliche hilfe an meiner seite – bisher mir völlig unbekannt, diese art von akzeptanz meiner behinderung, und doch so wohltuend und echt.
für mich als »eines der tausend gesichter« ein schritt in richtung heilung, ein schritt in richtung lassen und abgeben von dingen, obwohl ich ja eigentlich keine hilfe benötige (sagt mein verstand).

das fällt mir auf, dass gerade behinderte – und ich stelle mich gern an die erste stelle – immer wieder beteuern, es würde schon gehen und sie bräuchten keine hilfe.
ich brauche hilfe und mir scheint, all mein kämpfen allein diente lediglich dazu, mich noch mehr in die krankheit zu befördern, also schlage ich jetzt einen anderen weg ein – einen mit hilfe an meiner seite und hoffentlich einen weicheren weg.
paul klees bild »hauptweg und nebenwege« stellt sich wie so oft in meine gedanken. anscheinend bin ich dafür geschaffen, alle nebenwege gründlich abzulaufen – bis ich die sprache für mein leben verstehen kann.
»lost in translation« fällt mir dazu ein.

ich stellte fest, dass härte mir nicht weiterhilft. ich nahm mir erneut eine veränderung meines verhaltens vor – ich probierte es erneut anders.
im januar ging ich für vier nächte in ein kloster.
KLARHEIT, ORDNUNG, STILLE – diese themen beherrsche ich selbst kaum, aber die mönche, die können das und ich ließ es mir dort schenken.
es geht um die klärung des selbstbildes, für mich eine wichtige erkenntnis, ein wichtiger meilenstein.
wer bin ich eigentlich und wer will ich sein, wofür bin ich gekommen?
vielleicht geht es auch nur darum, die immer wieder selbst erstellten hürden und maßstäbe zu enttarnen, den schleier des ruhms zu verstehen, der nur kurze zeit glänzen kann, wenn er an bedingungen geknüpft ist – wie viel mehr glänzt eine sache, die ohne täuschung (frei von täuschung) auskommen kann?
haben wir täuschung nötig?

wen wollen wir täuschen?
und warum?
wo ist ein ort, wo täuschung überflüssig wird?
es geht um mitgefühl für jeden, für alle menschen, die ihre erlernten konditionierungen noch nicht erkannt haben, denen festhalten noch viel geläufiger ist als loslassen.
bei meinem letzten besuch im kloster fiel mir auf, was ich selbst dort alles meinte in der hand halten zu müssen. dabei wird ordnung von der struktur des klosterlebens geschaffen – nur still werden muss jeder selbst.

steve

das nächste mal traf ich steve in der u-bahn. ich war unterwegs zum baumwall, denn ich wollte am wasser sein. nicht zum ersten mal in meinem leben ging der gedanke durch meinen kopf, dass mein leben nur mit mir stattfinden kann und begleiter lediglich begleiter sein können, während es allein auf mich ankommt. auf mich und mein SEIN mit mir. diese hürde des »meinigen seins« mit mir scheint mir unüberwindbar. an einer station stieg steve plötzlich ein und mir rollten spontan die tränen die wangen hinunter. wir wechselten keine worte miteinander und beim nächsten halten der u-bahn stieg steve aus.
ich fühlte erleichterung, wunderte mich selbst darüber und saß so lange regungslos in meinem rollstuhl, bis mich ein fahrscheinkontrolleur auf den anstehenden betriebsschluss hinwies und mir die nächsten ausstiegsmöglichkeiten mitteilte. ich war wie aus dem tiefschlaf gerissen und bemerkte, dass es zeit war, aus meiner trance in die wirklichkeit zu wechseln und die entscheidung zu treffen, an welcher der genannten möglichen haltestellen ich aussteigen wollte.
zum wiederholten male machten sich gedanken breit, dass das leben mir lebenswerter erschien zu der zeit, als ich mich »ausradiert« hatte. nicht zu sein und mich zu verleugnen war ein bekanntes lebensgefühl. inzwischen half alles leugnen nicht mehr, ich hatte das »radiergummi« schon gesehen. das radiergummi, mit dem ich mich ausradiert hatte, hatte ich ja schon wahrgenommen. jetzt befand ich mich in einer zwickmühle, aus der es kein entrinnen zu geben schien, außer ich träfe eine entscheidung.

reihenfolge

du kommst zuerst.
so lange, bis du gefüllt bist.
du brauchst erst geben,
wenn **du** überfließt.
dann gibst du von selbst,
von ganz allein.
vorher kannst du auch gar nicht geben
ohne
eine leere in dir.
diese leere gilt es zu fühlen.
du bist einfach leer,
aus angst oder schmerz heraus
machst du andere verantwortlich für deine leere.
meist merkst du sie spät, wenn
gar nichts mehr da zu sein scheint,
dann bist du
ver-rückt,
hast deine mitte verloren.
wem solltest du geben,
wenn du selbst nicht genug für dich hast?
und was?
gemeint ist keine materie,
die rede ist von
etwas, was sich vermehrt,
wenn du es verschenkst,
was wärme ausstrahlt,
was ein lächeln auf gesichter
und in herzen zaubert.

es macht dich – und die menschen in deiner umgebung – schön,
es macht dich und andere glücklich.
du darfst es verschwenden,
so viel, wie du willst.
es ist genug davon da.
die rede ist von der liebe.
zuerst der liebe zu dir selbst,
wenn sie überfließt,
fließt auch der himmel über.
das ist
geschenk an die erde,
das geht im großen wie im kleinen.
es ist so einfach
und scheint uns doch so schwer zu sein.
es geht –
und es geht nur in der reihenfolge.

langstreckenläufer

ich renne immer – weiß selber nicht, wohin, wo hinaus und wem hinterher.
renne ich hinter mir selbst her?
hinter meinen ansprüchen?
erreiche ich das ziel nie, weil sich das ziel immer wieder wie von selbst entfernt? und führen mich meine überhöhten ansprüche dazu, meine eigene zielfahne immer heimlich und unbemerkt kurz vor erreichen des ziels ein weiteres stück voraus zu stecken, sodass mein ziel gar nicht erreicht werden kann? ist es so vorprogrammiert, letzten endes immer als verlierer zurückzubleiben?
an dieser stelle danke an alle menschen, die mir spiegel waren, über deren schnelligkeit und rennerei ich mich aufregte.
in der psychologie sagt man: nur das, was du selbst nicht an dir magst, fällt dir an anderen auf und stört dich.
wie bereits erwähnt, ich bin hart gegenüber anderen, härter noch gegenüber mir selbst, und ich habe hohe ansprüche an meine mitmenschen, die höchsten an mich selbst.
sind das verhärtungen gegen mich selbst?
verhärtungen!? jetzt in meinem kopf?
wo?
und wovon?
ein guter läufer hat immer helfer an seiner seite – um die jacke abzugeben, wenn's zu heiß wird, um etwas zu trinken gereicht zu bekommen, um angefeuert zu werden, denn das stärkt auch den erschöpften läufer, der schon aufgeben will. und manchmal – ich möchte fast sagen, immer sind

trainer an meiner seite. ich finde sie, habe sie bestimmt auch schon. im leben – braucht jeder von uns »verbündete«, »fans«, menschen, die an einen glauben. einen trainer und einen laufplan, der die leistung langsam steigern lässt.
mir fallen die worte einer meiner physiotherapeutinnen ein, mit der ich um das thema rang, ob ich ms habe. alles, was ihr einfiel zu mir, nachdem ich bei ihr schon mehrere stunden absolviert hatte, waren die worte »zu früh« und »zu schnell«.
war ich ohne plan losgelaufen?
hatte ich keinen trainer?
oder ließ mein trotziges ego diesen trainer gar nicht zu?
hörte ich immer auf die »falschen trainer«, deren maß ich so gern erfüllen wollte in meiner unbändigen sucht zu gefallen?
wieder fallen mir die worte »wunderbar« und »katastrophe« ein.
ohne meinen beharrlichen geist, wie hätte ich da alle katastrophen überdauern sollen, die mich letzten endes zu meinem ziel führten, zu dem, was ich bin und was ich vermag. neben der angst und der angelernten hilflosigkeit gibt es einen teil in mir, der stark und unerschrocken ist.
diesen teil haben immer wieder menschen gesehen, denen ich dankbar war, in deren nähe ich mich wohlfühlte, denen ich dennoch keinen dauerhaften glauben schenkte. so wie mir selbst nicht. das benehmen der kleinen, hilflosen person (in mir) war mir einfach geläufiger.
jetzt ist es an der zeit, genau dieses verhalten zu verändern.
»nimm dein bett und geh« – das habe ich zuhauf gehört, denn ich bin christlich erzogen und aufgewachsen.
den ersten teil habe ich erfüllt, mein bett habe ich unter meinem arm, nun folgt der zweite teil der aufforderung:

»und geh«. dafür fehlt mir noch der mut und der geeignete trainer an meiner seite. beide finde ich noch, habe sie bestimmt auch schon, muss sie nur wahrnehmen und meine blickrichtung ändern.

steve

in diesem kapitel bekleidet steve die funktion eines raumausstatters. diesmal meldete sich steve auf eine ausgesprochene empfehlung eines freundes, da ich einen teppich erwerben wollte. um die wohnung auch mit matsch und schnee an den rädern meines rollstuhls befahren zu können, musste eine geeignete unterlage her. schnell kam es zum verkaufsgespräch, dem einige tassen und kannen tee folgten. ein freund von mir wohnte dem besuch von steve bei und ich bemerkte wie immer erst tage später: ich hatte mich verliebt.
so kenne ich mich, dass ich meinem gefühl folge, bevor ich zu ende denken kann.
es folgten tage, wochen und monate voller glücklicher momente und mein »himmel« hing voller geigen. viele tage, wochen und monate darauf glichen einer talfahrt. wie so oft in meinem leben benahm ich mich, als könnte ich nicht mehr bis drei zählen. ich folgte meinem gefühl, statt meinem neu erlernten bewusstsein, hatte ich doch diese berg- und-tal-fahrt schon so oft in meinem leben erlebt. so wand ich mich wie alle lebensjahre zuvor unter der erkenntnis, dass schmerz wehtut. ich fing an zu jammern, anstatt den schmerz als erfahrung hinzunehmen.

kann es sein?

nehmen wir ein bild.
—
du bist eine schale
und du wirst angefüllt geboren,
so wie alle kinder.
—
meine seele kennt die sprache der liebe und des mitgefühls.
—
geboren bin ich auf einer bühne, deren zeichen auf zeit und leistung stehen.
—
wie alle menschen erlitt ich verluste.
—
jemand kippte meine schale aus,
mehrmals
—
unbewusst.
—
ebenso unbewusst versuchte ich immer wieder, auf der bühne zu spielen, die nicht meine eigene ist.
—
lange jahre dauerten meine versuche an, auf der bühne zu spielen, die nicht meine ist.
—
viele schmerzhafte versuche unternahm ich
—
und scheiterte doch.
manchmal dauert es ein leben lang,

bis du begreifst:
du kannst nur auf deiner eigenen bühne spielen
mit all dem, was du hast
—
und mit all dem, was du bist.
—
jeder ist vom schicksal auf seine bühne gestellt,
jeder geht seinen eigenen weg
und
es kann sein, dass deine seele einst mit diesem weg, den du gehst, einverstanden war, sie sich diesen weg ausgesucht hat. vertrauen in das leben war das, was zählte!
wie sollen wir anders unser *sein* verstehen?
kann es ein missverständnis sein, dass wir sind, wie wir sind?

weil man gefühle nicht mit dem verstand versteht

… folgen manchmal auf vermeintlich harmlose dinge, wie zum beispiel ungelebte emotionen, kleine bis mittelschwere katastrophen, die je nach umgangsform mit der jeweiligen katastrophe weitere krisen auslösen.
eine katastrophe – was übersetzt »völliger wandel« bedeutet – wie auch eine krise, die lediglich auf eine chance zum neubeginn hinweist, sind genauer betrachtet eigentlich glücksfälle. wenn wir nur stille werden können und all die großen und kleinen katastrophen unseres lebens als das annehmen, was sie sind. wenn wir sie frei von angst, bewertung und über jahrtausende angelernten worten und verhaltensweisen einfach nur sein lassen.
manchmal versteht der verstand die dinge, wie sie sind – doch der wunsch des herzens, des gefühls bleibt bestehen.
jede geste, jede verhaltensweise wird zugunsten des gefühls, des wunsches, des herzens interpretiert. das darf sein, wenn du wahrnimmst, dass es dein gefühl ist – und nicht du selbst.
und es ist möglich, dass die angst bleibt, die angst, die es gar nicht real gibt und die du doch fühlst. die angst vor der möglichen wiederholung des schmerzes, den du nie wieder fühlen wolltest, weshalb du vehement wegschaust, die dinge nicht beachtest, die dir einst unendlichen schmerz zufügten. den schmerz leugnest du, ihm gegenüber verhältst du dich blind und taub, damit du ihn nicht mehr fühlst. und doch ist er ja da, denn deine seele

hat den schmerz einst gespürt. und du hast einfach keine andere idee, keinen plan, wie du dem schmerz ausweichen kannst – und du behandelst den schmerz wie ein kind, das sich hinter der gardine versteckt und behauptet, es sei nicht da.

wenn du das gefühl hast, **die angst wird nie gehen**, dann bleibt sie – **und sie darf sein.**

dann und nur dann wird sie ihren schrecken verlieren, so wie alles, dem du erlaubst, dass »es« sein darf, wie alles, von dem du zulässt, dass es ist, wie es ist.

es ist deine chance, zu sein, so wie du bist, mit und ohne angst, unperfekt – denn es gibt niemanden, der perfekt ist! oder kennst du jemanden?

einfach – und das scheint mir das schwerste – **sein ohne wertung!**

einfach nur sein!

katastrophe oder glücksfall – du kannst es sehen, wie du willst, und es bleibt deine wahl, für dich und dein kostbares, einzigartiges leben.

»anders sein wollen« bedeutet »gezwungen sein«, wie ein hamster im rad immer beschäftigt mit veränderung, mit dem unausgesprochenen bemühen darum.

das scheint mir die größte barriere für mich selbst, die es wahrzunehmen gilt.

und dann nichts tun! denn es ist nichts zu tun, einfach da zu sein reicht.

nicht müde werden, sondern dem wunder leise, wie einem vogel, die hand hinhalten. (hilde domin)

kannst du stille hören, in deinem sein?

position und freistil – steve

bei allem erlernten bewusstsein wurde mir meine haltung zu steve zuwider und ich entschied, dass ich mich so, wie ich mich zu steve verhielt, gar nicht verhalten wollte. und doch war mein verwundetes inneres kind durch steves verhalten mir gegenüber geweckt. ich bat steve zu gehen und ich war sehr traurig zu dem zeitpunkt. die bekannte erleichterung, nachdem er gegangen war, fehlte sowohl in dem moment als auch in der darauffolgenden zeit.

in dieser zeit prägte sich in mir der satz: »weiter weg ist näher dran.« denn nach meinem bewusst ausgesprochenen wunsch nach distanz fehlte meine erleichterung, die ich sonst in den momenten, tagen, wochen, monaten erlebte, nachdem ich solches ausgesprochen hatte. ob es sich zum ersten mal in meinem leben darum handelte, echt zu sein und mein wesen wahrzunehmen? dabei sprach ich den wunsch nach distanz nicht mit dem bewusstein aus, das heute mein eigen ist.

heute freue ich mich darüber, dass irgendeine göttliche macht mich dazu bewog, distanz einzufordern und nicht das ende der beziehung. in den darauffolgenden neun monaten gingen meine gedanken oft zu meiner entscheidung zurück, um distanz zu bitten, und mir wurde deutlich, dass ich diese distanz zu anderen menschen brauche, um bei mir sein zu können. bis dato war mir nicht bewusst, wie wichtig es für mich ist, bei mir selbst zu sein. ich wurde unsagbar traurig und weinte viel ob meiner haltung, die ich ein leben lang zu mir hatte.

ich erinnerte mich an die trance, in der ich im nirgendwo

verschwunden war, um schmerz nicht fühlen zu müssen. bisher schien es mir weder wichtig, diesen zustand zu verändern, noch ahnte ich, dass sich hier die wurzeln für meine autoaggression verbergen konnten. ich verschwand während dieser trance wie durch ein unsichtbares fenster aus der wirklichkeit und war erstaunt, als mir die menschen später mitteilten, wie ich mich in den vergangenen situationen verhalten hatte. immer hatten diese situationen damit zu tun, dass männer mir ihre sympathie und anerkennung vermittelten. in diesen situationen verschwand ich durch den drohenden »schmerz« gedanklich im nirgendwo. ich vermute, als kind habe ich mir durch ein trauma dieses verhalten angeeignet, und es scheint mir heute, als sei es mein schutz zum überleben gewesen. mich erstaunte, dass so ein frühkindliches verhalten mir bis heute nicht bewusst geworden war und ich den kampf, den ich damals unwissend begonnen hatte, bis zum heutigen tag weiterführte. so wie ich bin, war ich in meinem familiären umfeld nicht anerkannt. obwohl ich diese anerkennung herbeisehnte, »verschwand ich durch das unsichtbare fenster, sobald sie mir nahe war«.
heute denke ich, dass mit jeder nähe und anerkennung, die ich spürte, ein alarmsignal in meinem system aufleuchtete, das wie eine »warnung« für mich war. den schmerz, den mein system aus der zeit kannte, als ich klein war und um anerkennung rang für das, was ich bin, sie aber nie bekam, verband mein system anscheinend mit dem wunsch, den schmerz nie mehr fühlen zu wollen. so verschwand ich regelmäßig in dem unsichtbaren fenster, um der anerkennung und dem damit drohenden schmerz auszuweichen. als hochsensible person brauche ich keine wörtliche bestätigung dafür, keine anerkennung zu bekommen, ich kann

das fühlen. und ich habe diese art von fühlen nie betrachtet und entwickelte so die autoaggression, anstatt eine position zu beziehen. niemand braucht um anerkennung zu kämpfen für das, was sie/er ist, man bekommt sie oder man bekommt sie nicht. ich war überzeugt zu wissen, ich sei nicht gut.
dabei handelte es sich um mein gefühl.
heute bin ich davon überzeugt, dass ein begreifen des gefühls in zusammenhang mit den bekannten situationen mich aufmerksam hätte machen können und mir dazu gedient hätte, mein »schwert« einzustecken und einen anderen weg zu gehen. ich gebe mir heute die antwort selbst und gehe einen anderen weg.

missverständnis

miss-verstehen
wer?
wer nur?
wer ist denn die adresse für meine wut?
wer?
verdammt, wer?
ich?
meine verantwortung?
wollte ich doch immer alles richtig machen!
in meiner verzweiflung.
also war ein ständiges schuldgefühl mein begleiter.
da ich augenscheinlich nicht richtig lag, egal, was ich tat …
ja, ja,
schuld gibt es nicht – wird gesagt.
das gefühl saß trotzdem auf jedem stuhl,
auf dem ich auch saß.
so ein mist.
–

vor lauter schuldgefühl vergaß ich glatt
freude-liebe-lust-hoffnung und sein!
bis ich begriff,
ich kann meine form von leben, glauben und **sein** finden!
eigentlich eine große befreiung.
niemand ist schuld.
nicht mal ich selbst!
–

missverständnis.
missverständnis multiple verhärtung.
oder ein missverstehen einer verzweifelten seele?

mit leib und seele zurück zu dir

zurück zu mir,
komme endlich bei mir an.
der weg war lang, ist es immer noch!
und ich dachte bereits an meinem 40. geburtstag, jetzt seien »die 40 jahre wüste« vorbei.

sie sind nicht vorbei – dennoch bin ich zu einer anderen dimension gelangt, und die scheint nicht meiner vorstellung gemäß aus laufen, rennen und springen zu bestehen, eher aus dem annehmen dessen, was ist.
das fällt mir schwer und scheint mir oft unannehmbar.
und ich dachte, ich hätte diese krankheit, um euch allen mitzuteilen, dass es nicht der körper ist, der krank ist, sondern die seele.
da meine seele nicht heil ist und mein körper zurzeit auch nicht wie früher funktionsfähig, können es vielleicht meine worte sein, die euch erreichen und die mut machen, euren weg zu beschreiten.
ich bin weiter unterwegs, vielleicht mit nicht so viel kraft im körper wie noch vor einigen jahren und vor der diagnosestellung ms, dafür mit viel kraft in meiner seele.
die kraft in meiner seele kam während der letzten jahre, als ich unzufrieden und von psychotherapien übersättigt anfing, mit meiner seele zu sprechen: meine seele sprach mit mir, indem sie sprach und ich schrieb, was sie gesprochen hatte.
ich war oft und viele jahre sehr traurig, hart und ungerecht mir selbst gegenüber.
das fragen um hilfe scheint mir ein wichtiger schritt – und

das annehmen der daraufhin angebotenen hilfe ein weiterer.
eine übung in demut und geduld ist mir immer wieder die kommunikation mit meinem umfeld, welches nicht zögert zu befinden: »das machst du gut«, »das kann ich verstehen« oder »das hätte ich so nie entschieden« ...
wie kommt er oder sie auf eine solche äußerung?
die meinung anderer ist nicht gefragt, die beurteilung meiner gedanken/taten noch weniger – denn beides ist wenig hilfreich für mich selbst.
niemand lebt auch nur für eine sekunde das leben einer anderen person, ist somit meiner meinung nach also nicht befugt, sein gegenüber zu beurteilen, respektive das handeln einer person.
wie hilfreich ist mir da eine einstellung, wie sie kierkegaard in seiner »einfachen mitteilung« beschreibt.
ich möchte gern so sein; das ist mir eine übung wert und auch mehrere.

eine einfache mitteilung
wenn wir beabsichtigen, einen menschen zu einer bestimmten stelle hinzuführen, müssen wir uns zunächst bemühen, ihn dort anzutreffen, wo er sich befindet, und dort anfangen.
jeder, der dies nicht kann, unterliegt einer selbsttäuschung, wenn er meint, anderen helfen zu können.
wenn ich wirklich einem anderen helfen will, muss ich mehr verstehen als er, aber zuallererst muss ich begreifen, was er verstanden hat. falls mir dies nicht gelingt, wird mein mehr-verständnis für ihn keine hilfe sein.
würde ich trotzdem mein mehr-verständnis durchsetzen, dürfte dies wohl in meiner eitelkeit begründet sein.

ich möchte meine unterstützung durch seine bewunderung ersetzen.
aber jede wahre kunst der hilfe muss mit einer erniedrigung anfangen.
der helfer muss zuallererst knien vor dem, dem er helfen möchte.
er muss begreifen, dass zu helfen nicht zu beherrschen ist, sondern zu dienen; dass helfen nicht eine macht, sondern eine geduldsübung ist; dass die absicht zu helfen einem willen gleichkommt, bis auf weiteres zu akzeptieren, im unrecht zu bleiben und nicht zu begreifen, was der andere verstanden hat. (kierkegaard, eine einfache mitteilung, 1859)

nun, in diesem meinem körper, der fast 43 jahre tun musste, was man meiner überzeugung nach tun muss, stelle ich fest, dass ich jetzt vor allen dingen meinen körper, meinen geist und meine seele frage, bevor ich eine tätigkeit ausführe, und ich tue nur, was wir drei fühlen, das wir tun können und tun wollen oder sollen.
herausforderungen anzunehmen ist nicht die hürde, vielmehr müssen wir begreifen, dass wir nicht das leben fragen, sondern dass es darum geht, dem leben zuzuhören, wenn es uns etwas fragt!
es geht letztendlich darum, dem leben zu dienen.
beachtlicherweise lernte ich 1987 in meiner ausbildung zur krankenschwester, wie die weltgesundheitsorganisation den begriff »gesundheit« definiert: gesundheit ist das vollständige wohlbefinden von körper, geist und seele.
die letzten 16 jahre meines lebens mit der diagnose ms und die fortschreitende behinderung lehrten mich die bedeutung der definition der gesundheit.

steve

diesmal besuchte mich steve, ohne bei mir kochen zu wollen. der grund seines besuches war das vorhaben, mit mir von büchern zu sprechen. er brachte ein buch mit, wie schon so oft. in diesem fall nahm ich das buch wahr, wie ich seine mitgebrachten bücher noch nie wahrgenommen habe. ich kenne steve seit 46 jahren und bin erstaunt, dass ich bis heute an die geschichten, die ich in den büchern gelesen habe, und nicht an mich selber glaubte. dies zu erkennen ist ein großer schritt für mich und ich bin sprachlos über meinen glauben für das »außen«. tief in mir nehme ich wahr, dass es nicht um das »außen« geht, sondern um das »innen«. wie schwierig es scheint, an sich selbst zu glauben, wird mir erst jetzt bewusst, denn ich spreche und lese all diese bestätigungen seit jahren – da ist wohl der satz treffend: »der stete tropfen höhlt den stein.«
in den letzten neun monaten offenbarte sich mir, dass ich mit dem verstand vieles wusste und es erst jetzt in mein herz dringt. diese erkenntnis kann ich ob der vielen meditation und des lesens mit leichtmut betrachten und dabei freundlich auf mich blicken, denn es ist, wie es ist. für möglich gehalten hätte ich die veränderung der gedanken nie. ich denke an das konzept pawlows, der vor vielen jahren vom konditionieren sprach, als er erforschte, was bei einem hund den speichelfluss auslöst, wenn eine glocke erklingt. ich hätte nie für möglich gehalten, dass ich gelernte konditionierungen durchschauen kann und sich dadurch mein verhalten ändern lässt. da wird mir mein verschwinden in dem unsichtbaren fenster zu einer ganz neuen möglich-

keit und hilfe: bevor ich mich um das »bewältigen« der situation bemühe, nehme ich mir zeit, die dinge wie von außen zu betrachten und daraufhin zu entscheiden, wie die lösung für mich aussehen kann. ich frage mich, ob damit gemeint ist, was die geomantiker sagen: »deine größte schwäche wird deine größte stärke sein.« und die zeit, die ich nie hatte (die ich mir nie nahm), wird mein mich immer begleitender schutz sein. mir ist bisher bekannt, dass geist und seele bei einer veränderung zuerst reagieren, der körper kommt hinterher, denn er ist nicht so schnell wie die anderen zwei.

anders deuten!?

»indianer kennen keinen schmerz.«
heißt das, indianer kennen keine schmerzen?
oder heißt das:
indianern tut nichts weh?
–
heißt das nicht vielmehr,
ein indianer fühlt den schmerz
und
ein indianer lässt den schmerz da, wo er ist.
bleibt selbst stehen,
verletzt, mit schmerz.
–
die wunde auf der haut verheilt mit der zeit.
die wunde auf der seele bleibt länger, verschwindet nicht
und
bleibt als zeichen der erfahrung,
als zeichen deiner kraft.
der indianer
bleibt nicht verhaftet im schmerz …
kennt er darum den schmerz nicht, weil er ihn ignoriert?
oder überlebt er den schmerz und lebt weiter, trotz, wegen
und mit der erinnerung?!
der schmerz verwandelt sich in einen schatz.
damit das geschieht, brauchst du geduld, mitgefühl und
liebe zu dir selbst.
wagst du diese wandlung,
gehst du auf die aufregendste der abenteuerreisen.
es ist eine reise zu dir selbst.

herz-ass

warum spielst du immer sieben und acht, wenn du doch ein herz-ass im ärmel hast?
lege deine karten ab, mische deine karten neu und begreife – alles, was du tust, ist heilig!
nur: mach es anders als gewohnt!
alles, was du tust, ist heilig!
sieh genau hin, es ist dein geschenk, das du mit auf die erde bringst.
scheue dich nicht, schäme dich nicht, es ist dein geschenk, das dir jemand gab, der dich für würdig hielt.
für würdig – und du hast es freiwillig genommen.
du hast dich fähig gefühlt, als du dich bereit erklärtest, das geschenk ANZUNEHMEN – DAS LEBEN MIT WERTEN UND NORMEN KAM HINZU UND DU HAST DICH vielleicht ERSCHRECKT.
vielleicht hast du, wie ich, deinen weg verlassen, weil es leichter schien, die masse zu befriedigen.
DU HAST DEINE WÜRDE VERGESSEN, DIE DICH BEFÄHIGT ZU HANDELN; BIST WERKZEUG DER vermeintlichen MASSE GEWORDEN UND HAST DEINEN WEG VERLASSEN –
du hast es einfach nicht besser gewusst. hättest du es besser gewusst, hättest du es anders gemacht.
ES IST NICHT SCHLIMM – ES IST EINFACH SO:
bitte lass das so stehen, denn schuld ist ein konstrukt der menschen, die immer einen schuldigen brauchen, um leben zu können.
du selbst kannst als einzige/r dem schicksal, DER

KRANKHEIT EINE WENDUNG GEBEN – DAS EINZIGE, WAS DU BRAUCHST, IST EIN FESTER WILLE UND DEN GLAUBEN DARAN; den glauben an dich und den mut für den ersten schritt.
es ist MÖGLICH!
DU allein kannst dir behilflich sein, indem du es ganz einfach anders machst als bisher!
mach es anders, und es wird sich verändern!
nimm alles zu hilfe, was dir behilflich scheint, wichtig ist nur, dass du weißt, dass du hilfsmittel benutzt.
du allein kannst heilung zulassen, sie wird dir geschenkt, wenn du das willst.
du kannst die heilung weder beschleunigen noch forcieren.
so wie auch gras nicht schneller wächst, wenn du daran ziehst.
geduld tut not.
hab mut, du selbst zu sein!
mehr geht nicht!

steve

ich halte mich zurzeit in meinem eigens kreierten sechswöchigen urlaub auf und stelle wieder einmal fest, dass es um meine eigene haltung zu den dingen geht und nicht um eine andere person. mir wird bewusst, dass ich in der letzten zeit, in der ich weder steve noch meinen sohn sehe, also keine »alltägliche ablenkung« habe, auf mich selbst zurückgeworfen bin. sowohl steve als auch meinen sohn vermisse ich, und die zeit mit mir allein genieße und brauche ich sehr. sie ist neu für mich, unbekannt und daher mit angst besetzt, denn das ist ein terrain, das ich bisher kaum betreten habe. auf diese weise war es mir möglich, alte muster zu erkennen und mir bewusst zu werden, dass wir weder im ritterzeitalter leben noch prinzen brauchen, die eine treppe, auf der wir laufen, mit pech beschmieren, damit wir unseren schuh verlieren und der prinz uns, wie in dem bekannten märchen vom aschenputtel, nach hause holen und heiraten kann. heute sind wir in der lage, flugzeuge zu besteigen, weltreisen zu unternehmen und zum mond zu fliegen. mir scheint, wenige sind in der lage, ihre emotionen und gefühle wahrzunehmen und sich ihnen zu stellen, sie da sein zu lassen und sich nicht mit ihnen zu identifizieren.

volkskrankheit irrtum

du gehst irr,
wenn du denkst,
du bist nicht geliebt,
nur
weil du bist, wie du bist!
du gehst irr,
wenn du denkst,
du bist es nicht wert.
du gehst irr,
wenn du denkst,
du schaffst alles nicht.
–
was willst du schaffen?
für was
und für wen?
und für wen oder was willst du etwas schaffen?
du gehst irr,
wenn du weit von dir weggehst,
dich abwendest von dir.
du gehst irr,
wenn du dich um andere kümmerst,
anstatt um dich selbst!
wisse,
dein verstand will beschäftigt sein,
er will eine aufgabe!
er beschäftigt dich
und
redet dir ein,

dass du in fremdbestimmten grenzen sicherer lebst.
in diesen fremdbestimmten grenzen *scheint*
es dir einfacher zu sein, zu leben,
so brauchst du keine eigenen grenzen zu bestimmen!
wo
sind *deine eigenen* grenzen?
—

der verstand sitzt neben dem ego auf einer bank.
beide sind wichtig für dein überleben, wenn gefahr droht
zu gewisser lebenszeit,
beide schützen dich!
nur
manchmal schützt du dich aus gewohnheit,
—

ohne dass es nötig ist!
ist es dir möglich,
stille zu werden
und einfach zu *sein?*

prinzessin oder aschenputtel

bist du eine prinzessin?
bist du ein prinz?
eine frau, ein mann, der/dem achtung entgegengebracht wird?
sind nicht alle frauen prinzessinnen?
und alle männer prinzen?
ist nicht jede frau, jeder mann, die/der sich unter wert »verkauft«, selbst daran beteiligt?
ist nicht jede frau, jeder mann, die/der klagt, dass sie/er schlecht behandelt wird, daran beteiligt, dass das so ist, da sie in den strukturen, die diese behandlungen ermöglichen, ausharren?
wie oft schon waren wir in solchen situationen, dass uns eben dieses leid einer prinzessin geklagt wurde?
hatten wir nicht alle immer einen rat, wie dieses leid zu beenden wäre, was mann/frau tun könnte und tun müsste?
nicht zu vergessen all die beschimpfungen, die partner, vorgesetzte und das leben im allgemeinen betreffen ...
habt ihr euch selbst befreit, indem ihr grenzen setztet, indem ihr solche situationen, den partner oder den arbeitsplatz und vieles mehr verlassen habt oder ggf. bedingungen stelltet?
bedingungen – das hört sich nicht gefügig an, wie wäre es stattdessen mit abgrenzung? es ist dasselbe, meiner meinung nach, aber es beinhaltet das wort »grenze« – und eine grenze ziehst du immer selbst.
ich habe oft verlassen – und ich habe keine konsequenz gezogen, mich selbst nicht verändert, denn es war immer

leichter, auf die anderen zu schimpfen. ein trugschluss – ich hatte mich ja immer noch dabei – und so wiederholten sich männer, beziehungen, vorgesetzte, meine erkrankung nahm ihren im lehrbuch beschriebenen lauf und vieles mehr.
lang war der weg, bis ich erkannte:
ich bin es selbst, die ihr grenzenloses verhalten verändern muss und zeit braucht, um alte verstrickungen zu lösen, und damit anfangen darf, grenzen zu ziehen.
damit fange ich jetzt in diesem augenblick an und in jedem augenblick neu und so kann ich immer im jetzt sein und gleichzeitig eine prinzessin.
ein nie verlassener kindheitstraum – ich erfülle ihn mir in jedem augenblick.
und damit scheint für heute mein lebensrätsel gelöst.
da ich beschließe zu bitten – werden meine wünsche erfüllt, oder auch abgelehnt. das ist in ordnung. damit weiß ich, *wen* ich um *was* bitten kann. ich verhalte mich wie eine prinzessin – und nicht länger wie ein aschenputtel.
denn wer sollte einem aschenputtel, das eh in der asche liegt, rücksichtsvoll das kleid sauber halten, geschweige denn auf seine würde und seine seele achten – es ist ja schon schmutzig.
und wer sollte eine frage nicht mit ja oder nein beantworten, wenn ein ja oder ein nein gefragt ist?
dein sein und die art, wie du von anderen behandelt wirst, entspricht genau der art, wie du mit dir selbst umgehst.
die welt ist ein spiegel, der dir genau das zurückstrahlt, was du ausstrahlst.
und du merkst, dass das verlassen von orten oder personen dir nicht auf dauer hilft.
du kannst lernen, grenzen zu setzen, und begreifen, dass

alles an unannehmlichkeiten, welcher art auch immer, wiederkommt, denn du bist du, und so berühren dich die dinge, die dich berühren.
bist du eine prinzessin?
bist du ein prinz?

steve

mich erreicht ein brief von steve, der durch einen artikel über mich und meine familie aus dem »hambuger abendblatt« erneut auf mich aufmerksam wurde. als junge frau lebte ich mit steve eine langjährige zähe beziehung, die mich immer wieder in meine muster tapsen ließ. heute, jahrzehnte später, sind wir freunde und nicht mehr an dem aufwärmen alter geschichten interessiert. unsere wege gehen in ganz verschiedene richtungen, der blick ist stets nach vorn gerichtet. ich bin froh zu erkennen, dass freundschaft auch in meinem leben möglich ist, das mir oft so vergeigt schien. in den letzten neun monaten habe ich gehadert, gezweifelt, manche schwere stunde hat mich begleitet und ich habe den glauben an mich und gott wiedergefunden, die wir eins sind. meiner seele und meinem geist gelingt es immer wieder, konditionierungen zu erkennen und zumindest teilweise zu verlassen, und ich glaube fest daran, dass ich mein bett verlassen werde und wieder in einem rollstuhl sitzen kann. alles, was meiner seele, meinem körper und meinem geist wohltut, nutze ich und betrachte dieses »nutzen« der hilfsmittel mit gleichmut und glaube fest, dass mein verhalten einen sinn hat.

in deiner haut?

unüberzeugt,
dass du gut bist, so wie du bist!
bleibt die frage:
—
bist du in deiner haut?
wenn du in deiner haut bist,
—
wie irrelevant wird dann,
ob du gut bist –
für wen?
für was?
du bist in deiner haut,
du bist du.
was gibt es
besseres?
schöneres?
was wird der göttlichen macht mehr gefallen,
was nur – könnte dir mehr gefallen,
als dass du bist, wie du bist,
als dass du bist,
wie du gedacht bist?
wohnt nicht das göttliche in einem jeden von uns?
sollen wir gott, allah, buddha, brahma, das universum …
anzweifeln?
—
was haben wir denn verstanden,
dass wir uns so sicher sind, zu glauben, wir wären nicht
gut, so wie wir sind?
was?

»mach et jut«

… sagte der herr, als er nach einem arztbesuch im aufzug verschwand.
selbiges, in perfektem hochdeutsch und sehr persönlich, sagte die pastorin, als ich den gottesdienst am totensonntag verließ, dessen besuch meiner verstorbenen freundin galt.
diese worte – so unterschiedlich gesprochen – blieben bei mir haften, wie ein vermächtnis, wie eine aufgabe, die es zu erfüllen gilt.
beide situationen liegen jahre auseinander, das gefühl, was dieser satz bewirkte, war/ist dasselbe.
was heißt das, etwas »GUT« zu machen?
heißt »GUT zu sein«, echt zu sein?
oder heißt »GUT sein«: streng dich besonders an?
heißt das: »geh über deine grenzen!«, »nimm die signale deines körpers nicht so ernst!«, »stelle leistung über die liebe zu dir selbst, denn wenn du dich selbst liebst, dann bist du ein egoist …«?
was ist das, was so starke gefühle in uns auslöst, dass wir meinen, ihnen gehorchen zu müssen?
welche konzepte haben wir gelernt, und wo kommen sie her?
was ist mit unser aller gefühl?
es scheint, als bräuchten wir es eigentlich gar nicht – denn presse und werbung sagen uns, wie wir sein sollen und wie wir sein dürfen, wie viel wir wiegen dürfen, was wir anziehen sollen, was ein unwort ist und wie wir kaufen müssen, um am meisten zu sparen.
tatsache ist doch, dass wir zum großen teil verlernt haben,

wir selbst zu sein, das zu leben, was wir sein können, und viel zu viel kraft und energie investieren, um das zu tun, was die »anderen« vermeintlich von uns wollen.
so viele stimmen in mir, wie ich sein sollte, so oft der wunsch, das gedankenkarussell möge enden.
so oft so tief gerungen mit dem »gesetz«, das mich reifen ließ.
so viel unsicherheit, so viel wunsch nach wahrheit, so viel sehnsucht nach leben.
ob euch das auch so geht?
mit dem gefühl und den emotionen ist das so eine besondere sache.
wenn jemand meinen rollstuhl trägt, weil der fahrstuhl ausgefallen ist, erklimme ich am geländer viel leichter die treppen, als es mir gelingt, meine angst und erregung in schach zu halten, wenn ich vor einer gruppe menschen das sagen will, was mir wichtig ist.
ob mein körper in der lage ist, manchmal über seine grenzen zu gehen – aber meine seele und mein geist frei sein wollen, damit mein körper das auch wieder sein kann? und ob die behinderung von geist und seele sich letzten endes im körper zeigt?
manchmal fühle ich mich wie in meinem eigenen gefängnis in einzelhaft.
ich möchte mit den fingern schnipsen und meine wahrheit leben – noch mal kind sein, alles neu lernen, alles löschen, was mir angst macht und mich nicht sein lässt, was ich bin.
»mach et jut«, sagte der mann, bevor er im aufzug verschwand.
so viel vertrauen und zuversicht in mich, in den menschen ihm gegenüber, waren für mich in diesen worten enthalten.
tausend gesichter haben zweitausend ohren, und jeder geist

und jede seele haben ihre eigene geschichte und ihre eigene wirklichkeit.
et hät noch immer jot jejange!
ob in diesem satz vertrauen auf das steckt, was immer auch kommen mag, und die aufforderung, ebendies anzunehmen?!

steve

steve treffe ich immer seltener, dafür treffe ich immer mehr mich und begreife, dass es weniger um das treffen von steve geht als um das treffen mit mir selbst. dabei habe ich steve immer so gern getroffen. ob es wohl so ist, dass es in unser aller leben viel weniger um das treffen anderer menschen geht als um das treffen von uns selbst?
diese phase meines daseins scheint mir unbekannt und daher schwierig. ich habe beschlossen, dass meine suche nach veränderung meines wesens beendet ist, und es geht darum, neue wege zu finden. da ist eine leere, die zurzeit kaum aushaltbar scheint für mich, und ich nehme diese mir selbst gestellte aufgabe an, weil ich es so will und daran glaube, dass es gelingt.
an einem der langen, für mich unüberwindbar leer scheinenden nachmittage besuche ich aus einer laune heraus einen segelkurs, in dem über das kommando »ree« informiert wird. wenn ein schiff zu sinken droht und keine möglichkeit mehr besteht, in diese richtung weiterzufahren, fragt der kapitän: »klar zur wende?«, worauf die mannschaft antwortet: »klar zur wende!« darauf gibt der kapitän das kommando »ree«. alle auf dem schiff befindlichen matrosen wissen dann um die änderung der position um 180 grad.

freude

sie kommt
plötzlich,
manchmal unvermittelt,
manchmal unerwartet.
manchmal scheint sie zu leuchten,
das leuchten ist in dir!
die anderen menschen sehen,
was du nicht sehen kannst,
denn das leuchten in dir hast du vergraben
unter den masken aus wut, hass, groll, angst und so viel sehnsucht.
manchmal lässt die freude dich schaudern,
manchmal schickt sie dir eine gänsehaut
und dann wieder malt sie ein lächeln oder ein lachen in dein gesicht.
ein andermal lässt sie tränen aus deinen augen rollen,
tränen, die zeigen:
–

du bist berührt.
rührung ist eine schwester der freiheit.
–

das geschieht dann,
wenn ein stück von deiner
selbstgebauten rüstung um dein herz abblättert
oder
wenn die rüstung risse bekommt …
du bist verunsichert
und weißt gar nicht,

wie du dich
ohne rüstung
bewegen sollst.
manchmal bereitet solche freude
angst, schmerz und unsichertheit.
–
erinnere dich,
hinter angst, schmerz und unsicherheit
liegt deine freude,
wisse, sie trägt die dir bekannte maske, die du trugst, um
deine rüstung zu verbergen.
weder rüstung noch maske passen dir jetzt.
die zeit, als die rüstung notwendig war, ist vorbei.
du brauchst sie nicht mehr!
leben darfst du!
in freude und freiheit.

sehet auf!

es heißt: liebe deinen nächsten wie dich selbst!
bedeutet das: deinen nächsten wie dich selbst anzweifeln?
deinen nächsten wie dich selbst hassen?
deinen nächsten wie dich selbst werten – abwerten – entwerten?
in einem gespräch sagte sie j., sie sei unüberzeugt, dass sie gut sei, so wie sie sei!
ein anderes gespräch will ich erwähnen, in dem l. davon sprach, dass wassermoleküle aufgrund von klang und melodie bei unterschiedlicher musik ganz unterschiedliche formationen zeigen und ihre struktur verändern. l. erwähnte, dass gehirn und rückenmarkflüssigkeit wasserähnlich seien – und er vermutete, dass zu viel »schlechte, unharmonische musik« zu lange auf meiner seele gespielt wurde.
für mich kann ich sagen, sicher hat l. eine wahre idee!
nur glaube ich nicht, dass ausschließlich mein umfeld, meine eltern und lehrer etc. die ursache für diese »schlechte« unharmonische musik sind, die schon so lange auf meine seele trifft.
jedoch bleibt meine frage bis heute: warum zeigt die ms die störungen und schäden genau dort, wo meine tiefsten sehnsüchte liegen, wo ich tief verletzt bin? dort, wo meine seele am lautesten schreit und ich sie einfach nicht hören kann oder hören will? dort, wo ich sie unendlich hart behandle – ganz unmelodisch mit ihr kommuniziere, weil ich es einfach nicht besser weiß?
sind es die stellen, die ich am stärksten bekämpfe, am

stärksten hasse und daher nur die »musik« dorthin schicke, die mir vertraut ist?
die »musik«, deren klang und melodie ich hörte, als ich klein war, die sich mir verinnerlichte, gleich einem kleinen elefanten, der ob seiner größe an ein kurzes seil gebunden wird und der als großer elefant dieses seil, was seine fußfessel ist, eben nicht aus dem boden reißt, obwohl er es könnte ... ebendies kann sich der elefant nicht vorstellen, er lebt weiter in der annahme, die fessel sei für ihn nicht zu bändigen und er sei hilflos.
mein gehirn hat einfach keinen plan, wie ich mir helfen könnte – alle türen scheinen verschlossen und der sprung aus dem fenster scheint zu gewagt. der wäre neu und ungeübt, unsicher. und in der annahme, ich müsste mit dem kopf durch die wand, um mein ziel zu erreichen, sehe ich gar nicht, dass es auch eine »tür« oder ein »fenster« gibt, durch die ich den raum verlassen könnte, in dem die »musik« so unharmonisch spielt.
den raum zu verlassen würde bedeuten, den gewohnten »klang der musik« auf meine seele abzustellen und neue töne zu finden.
bis jetzt scherte ich mich darum, dass »sprünge aus dem fenster« sanktioniert wurden, und verhalte mich immer noch wie im angelernten muster.
ich fühle mich unwohl darin, dennoch gibt es mir sicherheit – vermeintlich zumindest!
keine frage, ich kann mein klagen nicht mehr hören, dass ich, als ich klein war, nicht aus dem fenster springen durfte.
heute bin ich 46 jahre alt und habe genug geklagt.
heute ist mein körper nicht mehr in der lage dazu, aus dem fenster zu springen, und auch wenn ich ahne, dass ich kaum springen würde, wenn ich könnte, so glaube ich

doch, dass es ums springen geht – nicht mit dem körper aus dem fernster, eher mit dem herzen zu mir selbst.
das ziel dieses sprunges hieße selbstliebe.
ich gebe zu, was so ist, wie es ist: ich habe große angst und widerstände dagegen – es hieße konkret, dass ich mich liebte, trotz und wegen allem.
»liebe« und »hilfe« sind die worte, die bei mir große angst verursachten.
ich könnte enttäuscht werden, und dies risiko scheint mir groß – darum vermeide ich das annehmen von hilfe und liebe.
in DEN spiegel gucke ich nicht gern, das würde ich jedem anderen zugestehen – mir selbst nicht!
AUTOAGGRESSION?!
mit anderen zu fühlen scheint uns menschen leicht – warum tun wir uns mit dem gefühl für uns selbst so schwer?
dabei sind wir auf der erde, um uns zu freuen, einander zu lieben und zu leuchten, damit die welt heller werde.
gelernt haben wir vieles davon nicht, aber das ist kein grund, es nicht zu probieren.
kommt aus eurem glauben, ihr wärt keine könige und königinnen – ihr seid all das, denn gott wollte zu uns in menschengestalt kommen und jede frau, jeder mann ist eine königin oder ein könig!
wer sind wir?
müssen wir alle buße tun, dass wir sind?
sehet auf und erhebet eure häupter!
darum, dass euch eure erlösung naht!
so steht es in der bibel, einem der ältesten bücher … bei lukas 21, vers 28.
und was tun wir menschen nicht alles, um uns gut und wert zu fühlen?
wir sind es doch!

steve

mein vorhaben ist, steve in zukunft nicht mehr so häufig zu sehen – da war ich doch schon. geht es diesmal darum, mein SEIN zu leben? denn steve ist ich und ich bin steve und es geht um den austausch von dem, was jeder von uns braucht, nicht darum, was er oder sie gerne hätte. es geht um sinnvolles dasein. heute würde ich keine zeit mehr mit jemandem verbringen, wenn mir dies nicht sinnvoll scheint. das hätte ich vor dem leben mit »der wunderbaren katastrophe« nicht für möglich gehalten. so lang war mein weg mit steve, bis ich erkannte, was mein wesen ist.
wenn ein mensch dir sagt, was dein wesen ist, wird es nie so sein, wie wenn du es aus eigener erfahrung begreifst.
der begriff »wesen« war mir klar, so ein wesen war mir nicht klar!
auf den zweiten blick erst wurde mir klar, was da für ein wesen neben mir steht – und mich berührt und schützt.
da bleiben nur demut und die frage:
gehen wir gemeinsam weiter, und wo gehen wir hin?

frei sein

frei fühlen,
jetzt fühlen, jede zelle ist gespannt wie ein bogen,
wie ein bogen zum schuss.
dabei gibt es kein ziel,
das vermeintliche ziel heißt
ES.
ES ist variabel.
ES trägt viele masken.
ES zerstört deine nerven.
ES hat tausend gesichter.
ES lädt zum kämpfen ein.
der kampf macht dich müde,
die müdigkeit nennen die mediziner fatigue.
du kämpfst im außen,
dabei ist der schmerz tief drinnen,
drinnen in deiner seele.
wahrnehmen und erkennen,
ES wohnt in dir.
du kannst es umarmen,
der lohn
ist
frei sein.

gewahr werden

es gibt keinen zwang, in der heimat zu leben, jedoch gibt es ein recht, in der heimat zu verbleiben und nicht von dort vertrieben zu werden. wenn man vertrieben wird, gibt es dann ein rückkehrrecht. (alfred de zayas)
diese zeilen fand ich bei »google«, nachdem ich den begriff »gewahr werden« eingab.
die zwei worte »gewahr werden« fielen in einem seminar mit dem thema »stressbewältigung durch achtsamkeit«.
wie ist das mit der rückkehr?
ja, das dürfen wir. und es bleibt unsere freiheit, ob wir zurückkehren in das land, in dem wir geboren wurden.
in das land, in dem unsere seelen und unser geist vor vielen tausend jahren lebten, als die menschen noch nicht so verbogen waren von so vielen gesetzen, regeln und normen.
in das land, in dem worte wie »schuld« und »sicherheit« noch nicht erfunden waren, weil deren bedeutung gefehlt hätte.
in das land, in dem die konstrukte, die heute die welt regieren, kein wort und keinen ausdruck fanden, weil deren bedeutung einfach nicht existierte.
wir dürfen also in unser eigenes land zurückkehren.
dafür gibt es die liebe und die vergebung, die wir einfach nehmen dürfen, sie sind da – im übermaß.
der preis ist mut – sonst nichts.
mut, um vergebung und selbstliebe zuzulassen – auch wenn wir alle gelernt haben, unseren nächsten zu lieben.
wie soll ich jemand anderen lieben, wenn ich es bei mir selbst nicht vermag?

denke ich an die vielen ms-betroffenen, mit denen ich gesprochen habe, fällt mir auf, dass ich mehr als einmal worte hörte wie:
- »das bin ich doch nicht, dieser mensch mit diesem behinderten körper, der verwaschenen sprache.«
- »ich bin nicht überzeugt, dass ich gut bin, so wie ich bin.«
- »mein schicksalsschlag war schwer.«
- »meine eltern haben mich ...«
- »ja, ich bin perfektionist.«

zudem habe ich einige denk- und verhaltensweisen bei ms-betroffenen beobachtet:
- sie sind sich ihrer schuld bewusst (WELCHER SCHULD?).
- sie lassen sich nur schwer und ungern helfen.
- sie bewahren stets die contenance.

es gibt noch tausend andere selbsteinschätzungen und charakterisierungen, denn tausend gesichter und seelen haben tausend geschichten.

in der psychologie wird viel von den seelen erzählt, geforscht und berichtet. ich habe gar nicht studiert, und ich weiß es doch – ich weiß es nicht, es offenbart sich gerade meiner seele.

so werde ich dessen gewahr, auf meinem einsamen weg – weil man eben nicht mit einer ganzen gruppe durch ein nadelöhr geht.

und doch habe ich so viele menschen auf dieser erde, die mich auf meinem weg begleiten, mir mut machen, weiterzugehen.

ich bin tief dankbar für meinen weg und somit gilt mein dank auch meiner krankheit, denn ich bekam vom leben neben der erkrankung auch den beharrlichen sowie ruhe-

losen geist, der sich mit diagnosen nicht abfinden wollte und will.
meine arbeit ist es wohl, meiner seele zuzuhören, meinen geist sprechen zu lassen und nicht länger hinzunehmen, dass ich mich in meinem SEIN behindere.
ich kehre zurück in mein land.

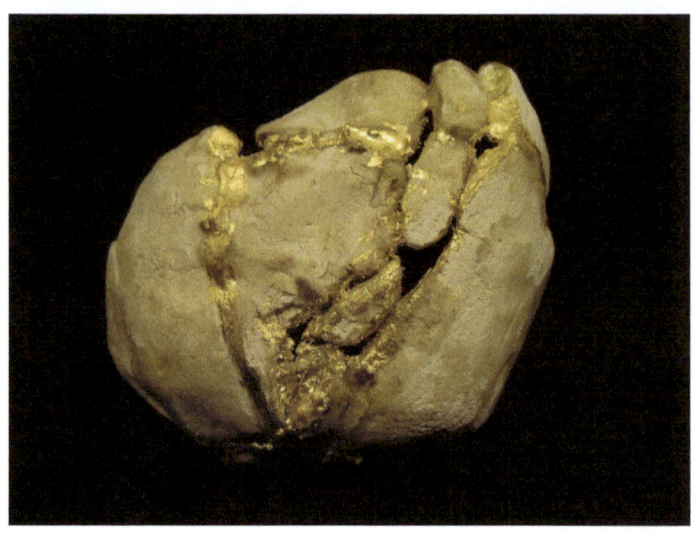

im zen buddhismus wirft man zerbrochene gegenstände nicht weg, man klebt sie mit gold. dies geschieht um an die vergänglichkeit der dinge zu erinnern. von außen betrachtet war mein leben schwer, auf dem zweiten blick ist mein leben reich an erfahrung. mir wird deutlich die sichtweise/haltung zu den dingen macht den unterschied aus.

nachspann

das leben schickt uns immer wieder menschen oder dinge, die den funken, der in uns lebt, entzünden können.
das ist eine sensation, wenn das passiert, und es ist möglich, dass es wehtut, dass es unbequem ist und dass ganze schwadronen mit fackeln hinter uns her sind, um unser licht zu entzünden. wenn wir es nicht zulassen, geht es nicht – das war bei mir der fall.
ich gebe zu, ich hörte die stimmen so oft, und ich weiß, dass viele menschen an mich glauben – die krux ist: ich selbst habe nicht an mich geglaubt.
das buch »und nietzsche weinte« von irving d. yalom handelt von der redekur. nietzsche fragte zu seiner zeit: »*wie wolltest du neu werden, wenn du nicht erst asche geworden bist!*«
ich bin asche gewesen und der weg dahin war schwer.
nun gilt es, neue wege zu gehen.

diese geschichte, die ich erzähle, schrieb das leben – und wie immer gab es zwei möglichkeiten. ich erhielt die kraft, die straße zu wählen, die weniger begangen war.
es ist die geschichte von vielen umwegen – oft wider bessere wissen. meiner erfahrung nach sind umwege dazu da, dinge zu lernen. nur so lange bewegen wir dieselben »steine«, bis wir deren gewicht und größe kennen und wir damit umgehen können, wie mit einer feder.

diese geschichte ist eine hommage an meine freundin susanne, die mir zeigte, was ich gut kann, immer wieder, und die mich mit ihrer unermesslichen liebe beschenkte,

an paul klee, dessen bild »hauptweg und nebenwege« mein leben prägte und mich immer wieder tröstete,
an paulo coelho, der mich mit seinen büchern immer wieder zum glauben an mich selbst ermutigte,
und an viele, viele menschen, die meinen weg kreuzten und freunde blieben, obwohl sie mich kennen,
an margit h. und meinen bruder winfried, die mich durch ihren mehrjährigen aufenthalt im ausland lehrten, dass die nähe der seele nichts mit der entfernung in kilometern zu tun hat,
und ganz besonders an meine söhne frank und david, die mich lieben und mich somit täglich lehren, dass ich gut bin, so wie ich bin.
der dank gilt ebenso meiner referentin, die mir mit engelsgleicher geduld zur seite stand und sich bereit erklärte alle meine worte zu papier/ zu pc zu bringen. ohne sie wäre die umsetzung meiner pläne, das buch zu verwirklichen, nicht möglich gewesen. so ist mir bestätigt was sich mir schon lang offenbarte: wir menschen können es nur gemeinsam! und jeder hat besondere fähigkeiten. niemand ist besser als der andere. jeder kann das was er kann besonders gut.
zu danken ist mir wichtiger bestandteil meines buches, denn dank gehört zu meinem wesen. namentlich will ich niemanden erwähnen und doch allen menschen meinen dank aussprechen, die mir halfen „mein beschmutztes kleid" weg zu hängen und mir mit allem treuen SEIN mut machten „ein neues kleid" zu entwerfen.
dass das leben mir stets einen engel an meine seite stellte, begreife ich erst jetzt und bin dankbar darüber.
nicht ich schrieb dieses buch, sondern eine höhere macht durch mich.